GOOSEBUMPS™

鸡皮疙瘩

系列丛书

EMENG YING · LIN WU YOUHUN

噩梦营 ● 邻屋幽魂

[美] R.L.斯坦 著 马爱农 译

接力出版社
Publishing House

目录

致中国读者…………………R.L.斯坦　001

　智者的心灵历险（序一）…………金波　003

　斯坦大叔，请摘下你脸上那副吓人

　　的面具（序二）…………彭懿　007

噩梦营

1　驶向月夜营…………003

　2　奇怪的停车点…………009

　　3　可怕的草原狼…………015

　　　4　"四号简易房"…………020

　　　　5　冒险的计划…………028

　　　　　6　恐怖的嗥叫声…………036

　　　　　　7　神秘的"禁屋"…………045

　　　　　　　8　失控的球…………051

9　食物大战…………059

　10　祝你们好运…………068

　　11　别让它抓住我…………073

　　　12　人间蒸发…………076

　　　　13　古怪的恶作剧…………083

　　　　　14　舞台道具…………086

　　　　　　15　没有寄出的信…………093

　　　　　　　16　"拜访日"取消了…………103

17 坐小划子⋯⋯⋯⋯109

18 愤怒转变为恐惧⋯⋯⋯⋯115

19 特殊拉练⋯⋯⋯⋯121

20 不许再开玩笑⋯⋯⋯⋯129

21 小菜一碟⋯⋯⋯⋯132

22 我们等着瞧吧⋯⋯⋯⋯135

邻屋幽魂

1 梦中的大火⋯⋯⋯⋯141

2 新朋友丹尼⋯⋯⋯⋯148

3 给詹妮的信⋯⋯⋯⋯151

4 大树投下的影子⋯⋯⋯⋯156

5 特大新闻⋯⋯⋯⋯161

6 又是天气预报⋯⋯⋯⋯170

7 时隐时现的黑影⋯⋯⋯⋯176

8 不可告人的真相⋯⋯⋯⋯182

9 噩梦醒来⋯⋯⋯⋯190

10 哈德冰激凌店⋯⋯⋯⋯195

11 免费冰激凌⋯⋯⋯⋯200

12 黑影挡住了去路⋯⋯⋯⋯205

13 黑暗聚拢过来⋯⋯⋯⋯209

14 抓狂的小镇邮差⋯⋯⋯⋯213

15 关于幽灵的猜想⋯⋯⋯⋯220

16 死神的低语⋯⋯⋯⋯223

17 梦都是荒唐的⋯⋯⋯⋯226

18 "拉我起来!"⋯⋯⋯⋯230

19 我才是幽灵·············233

20 惨不忍睹·············235

21 到处空空荡荡·············239

22 跳动的火苗·············248

23 失控的火势·············252

24 丹尼的幽灵·············255

25 一切都归入黑暗·············257

26 最后的呼唤·············261

"鸡皮疙瘩"预告

魔法咕咕钟 （精彩片段）·············265

一罐魔血Ⅲ（精彩片段）·············271

欢迎来到"鸡皮疙瘩"俱乐部

鸡皮疙瘩"我不怕——"主题征文大赛暨

勇敢者宣言征集·············280

"神奇力量值"寻找行动——有奖集花

连环拼图游戏·············281

神探赛斯惊险档案7·············282

致中国读者

中国的读者朋友们，你们好！

听说大家很喜欢我的书，我很开心。

我觉得，要让孩子们认识到他们可以到书里去寻找乐趣，这一点非常重要，并且，我还要让他们接触到惊悚的内容，但同时又有安全感。在这些惊悚的场景里我加入了一些幽默元素，这样小朋友们在开怀大笑的同时又有一点点紧张。

很多小朋友觉得交朋友是件很难的事儿，总是奇怪为什么别的小朋友在这方面好像更加轻松容易。对于腼腆的小朋友们，我的建议就是找到你喜欢做的事儿——不管是写作啦，还是运动啦，或者是玩游戏啦，等等。

做这些事儿，会带来两个益处。首先，你可能会遇到别的和你有同样兴趣的小朋友。其次，如果你真的对什么感兴趣，那么你谈论起来时就会轻松自如。

我从来就没停止过和孩子们的交流，我认为重要的是要让孩子们去寻找自己的方式。我提倡小朋友们多读书，找到自己感兴趣的可以轻松自如地谈论的内容。

我认为家长和老师倾听孩子的声音非常重要。有些孩子愿意和父母交流自己的感受，但有些却不愿意。有的时候他们虽然在说一些看似无关紧要的事情，但对于他们自己来说却很重要。

我希望有机会能来中国，见见大家，参观一下这个充满魅力的国度。我很喜欢龙，我一定会好好构思一个关于龙的精彩故事。

到北京看看是我心驰神往的事情。我住在纽约市的中心，但我可以打赌，北京肯定会让人感觉更大——哪怕是对于像我一样习惯了纽约的人来说也是如此。

智者的心灵历险（序一）

首都师范大学教授　著名儿童文学作家、诗人

国际安徒生奖提名奖获得者　金　波

人当少年时，智慧大增，却更加渴望心灵历险，愿意体验一下"恐怖"的刺激。那感觉，让我想起坐上"过山车"的游戏，惊险中嗷嗷的呼叫声不绝于耳，既是恐怖的，又是愉悦的。

现在提供给广大读者的这套"鸡皮疙瘩系列丛书"，当你阅读的时候，就像搭乘一次心灵历险的"过山车"。

少年心理的健康发展，需要一个磨砺过程，生活阅历中的挫折，情感体验中的悲喜，精神世界中的追求，都是人生不可缺少的历程。

心理上的"恐怖"也是一种体验，它可以给予我们胆识、睿智、想象力。

这套"鸡皮疙瘩系列丛书"，在美国颇受少年儿童的青睐，甚至让那些不爱读书的孩子，也耽读不倦，爱不释

手。因此，1999年，这套丛书曾以27种文字版本出版，全球销售两亿多册，作者R.L.斯坦被评为当年最受欢迎的儿童文学作家。

是的，阅读"鸡皮疙瘩系列丛书"，与我们通常阅读小说、童话以及科幻故事相比较，颇有异趣。书中斑驳陆离的情境，浩瀚恣肆的想象，直抉心灵的震颤，蔚成奇观，参配天地。

阅读"鸡皮疙瘩系列丛书"，感受心灵探险，好奇心得到充分的满足，获得充分的自由、畅快。在想象的世界中，可以我行我素，或走马古老荒原，邂逅精灵小怪，或穿越沼泽湿地，目睹青磷鬼火，或瞻谒古宅废园，发现千古幽灵，尽情享受一番超越现实、脱俗出尘的惊险和快乐。

这里有冥茫混沌中创造出的另一个世界，这个世界中所发生的故事，虽属怪诞，甚至可怖，虽是对不真实或不存在的事物纯乎幻想与游戏性的艺术再现，但它又与我们的现实生活息息相通，就如同发生在我们身边的事情，让你相信那诸多的神灵鬼怪，其实都是摄取于现实生活中实有的人物。

阅读这些故事，随着故事的进展，情感也随之波澜起伏，有壮烈的激情，有缠绵的爱意，也有凄美的伤感。总之，阅读的快感，丰沛而多彩。

阅读这样奇异的故事，经过一场心灵的历险和心理上的恐怖体验，同样会对善与恶、美与丑，或彼或此，有所鉴别，这同样有赖读者的灵性与妙悟。

　　这些故事，打破现实与虚幻、时间与空间的界限，富于魔幻和神秘色彩。我们畅游于这个奇幻的世界，感受着与宇宙万物的冲突、和谐，与古今哲思的交流、契合，与人类的心力才智的感悟、沟通。

　　我们可以和魂灵互致绸缪，可以把怪诞嘘之入梦。我们的精神世界丰盛了，视野开阔了，心理也会为之更加强健。

　　要做一个智者、勇者，就要敢于经历心灵的探险。阅读这套"鸡皮疙瘩系列丛书"，虽然会有坐"过山车"的惊恐，但终将"安全着陆"。那时候，你会津津乐道，回味无穷。

斯坦大叔，请摘下你脸上
那副吓人的面具（序二）

著名儿童文学理论家、作家 彭 懿

——等了这么久，R.L.斯坦终于来敲门了。

隔着门缝，我窥见月光下是一个青面獠牙的怪物，是他，戴着面具，他来了，我发现我起了一身的鸡皮疙瘩，体温降到了零度。

这个男人就站在门外。

我战栗起来，我不知道是不是应该开门让这个寒气逼人的男人进来。其实，斯坦不过是一位给孩子们写惊险小说的作家，1943年出生于美国的俄亥俄州，比被誉为"当代惊险小说之王"的斯蒂芬·金还要大上四岁。不到十年的时间，他的"鸡皮疙瘩系列丛书"（Goosebumps）就卖出了一个足以让我们的畅销书作家汗颜的天文数字——2.2亿册！

我战栗什么呢？

我战栗，是因为惊险小说在我们这里还是一大禁忌。不单是我，许多甚至连惊险小说是一个什么概念都搞不清楚的人，只要一听到"恐怖"两个字，就脸色惨白了。我们是怕吓坏了我们的孩子。但我们忘了，几十年前，在一根将熄未熄的蜡烛后面睁大了一双双惊恐的眼睛听鬼故事的，恰恰正是我们自己。

事实上，我们许多人对惊险小说都有一种饥饿感，就连斯蒂芬·金自己都沾沾自喜地说了，不论是谁，拿起一本惊险小说就回归到了孩子。恐怖，原本是人类自诞生以来最原始的一种感情，但到了小说里面，它已经变味了，衍生出了一种娱乐的功能。

我们为何会如饥似渴地去追求这种惊险呢？

恐怕是因为惊险小说或多或少地表达了现代人在潜意识中的某种对日常生活崩溃的不安，而作为它的核心，潜藏在恐怖的背景之下的"神秘"与"未知"，更是满足了人们的好奇心。还有一个重要的理由，就是有光必有影，有了恶，才看得出善。从本质上来说，人是渴望"善"与"光明"的，通常被我们忽略或是遗忘了的这种倾向，在惊险小说的阅读中都被如数找了回来。不是吗，我们不正是在惊险小说里认识到了潜伏在恐怖背后的"恶"与"黑暗"的吗？面对恐怖，我们才重新发现了被深深地尘封在心底的"正义"、"善"和"光明"。

——门外的斯坦等不及了，开始砸门了，他号叫着破门而入。

斯坦的"鸡皮疙瘩系列丛书"可是够吓人的，看看他都给孩子们讲述了一个个什么故事吧——埃文和新结识的女孩艾蒂从一个古怪的商店买回了一罐尘封的魔血。他的爱犬不小心吃了一口，于是它开始变化，那罐魔血也开始膨胀吃人……

斯坦绝对是一个来自魔界的怪物。

作为一个同行，我无法不对斯坦顶礼膜拜，每个月出书两本的斯坦怎么会有那么多诡异的灵感？他在接受《亚特兰大日报》的采访时曾说过一句话："我整天文思泉涌，写得非常顺手……"斯坦从不吝啬自己的灵感，甚至已经到了铺张奢华的地步，这就不能不让我起疑心了，据说他房间里有一副土著人的面具，我怀疑斯坦一定是戴着这副被下了毒咒的面具不知疲倦地写作的。

除了灵感，他的想象力也是无与伦比的。

当然了，还有故事。和斯蒂芬·金一样，斯坦也是一个讲故事的高手，唯一不同的是，斯蒂芬·金是在给大人讲故事，而斯坦是在给孩子讲故事。在我们愈来愈不会讲故事、一连串的短篇就能串起一部十几万字的长篇的今天，斯坦显得实在是太会讲故事了。他从不拖泥带水，一个悬念接着一个悬念，永远出乎你的意料之外。

记忆里，我似乎没有看到过比它们更好看的故事。

——我逃进了过道，斯坦狞笑着在后面紧追不舍。我透不过气来了，我打开一扇壁橱的门钻了进去，我在暗处打量起这个男人来。

像《魔戒》的作者托尔金提出了一个"第二世界"的理论一样，斯坦也为自己量身定做了一个理论：安全惊险。所谓的"安全惊险"，又称之为"过山车理论"，说白了，意思就是你们读我的惊险小说，就像坐过山车一样，虽然坐在上面会发出一阵阵惊叫，但到头来总会安全着陆。斯坦这人也是够世故的了，明眼人一看就知道这套所谓的理论不过是说给那些拒绝让孩子看惊险小说的大人听的，是一块挡箭牌。

尽管斯坦的"过山车理论"多少带了点贼喊捉贼式的心虚，我们还能指责他一两句，但他在惊险小说上的造诣，我们就只有仰视的份儿了。可以这么说，斯坦已经把惊险小说——至少是给孩子看的这一块——发挥到了极致。

第一，斯坦把惊险推向了我们的日常。你去看他的故事好了，它们几乎都发生在一个与你咫尺之遥的地方，就在你身边，主人公与你一样地说"酷"，与你穿一样的耐克鞋，与你拥有一样的偶像、一样的苦恼……这正是现代惊险小说的一大特征。它缩短了与读者之间的距离，使读者与书中那些与自己相似的人物重叠到了一起。只有这样，读者才会不知不觉地对那些来自魔界或另外一个世界的怪物们信以为真，才会共同体验或者说是共同经历一场可怕的恐怖。

故事发生在我们的日常，并不是说现实世界与幻想世界的界限就在斯坦的作品里消失了。实际上，这不过是幻想小说里一种常见的模式而已，即"日常魔法"（Every-day Magic），它是《五个孩子和一个怪物》的作者E.内斯比特的首创，它不像"哈利·波特"那样从现实世界进入一个幻想世界，而是颠倒了过来，即幻想世界的人物侵入到了现实世界。斯坦非常的聪明，这种"日常魔法"的写法，不需要去设置什么像九又四分之三车站一样的通道，轻而易举地就能俘获读者的"相信"。

第二，斯坦把快乐注入了惊险。写过《挪威的森林》的村上春树曾说过一句话：好的惊险小说，既能让读者感到不安（uneasy），又不能让读者感到不快（uncom-fortable）。斯坦就做到了这一点，岂止是没有不快，而是太快乐了。从斯坦的简历中我发现，斯坦曾在一家儿童幽默杂志任职长达十年之久，所以他的惊险小说才能那样逗人发噱。

——斯坦发现了我，一把把我从壁橱里面拽了出来，拽到了阳光下面。这时，他把脸上的面具摘了下来，我终于看清了他的一张脸。

斯坦戴着一副眼镜，不过，他镜片后面的那双眼睛很亮、很单纯，无邪得就像是一个孩子。这与斯蒂芬·金就大不一样了，斯蒂芬·金的那双眼睛混浊得让你不寒而栗。这也就是为什么上帝要选择斯坦来为孩子们写惊险小说的缘故吧！

真的，你读斯坦的书，就像是被一个戴着怪物面具的大叔在后面手舞足蹈地追着，他嘴里发出的尖叫声比你还恐怖，还不时地搔上你几下，你会哇哇尖叫，会逃得透不过气来，但你不会死，你知道这不过是一场游戏。

噩梦营

1 驶向月夜营

营地班车在蜿蜒狭窄的道路上剧烈颠簸，我透过灰蒙蒙的车窗朝外望去，远处黄黄的大空下，红色的山坡连绵起伏。

路边有一些粗矮的白色树木，如同栅栏的桩子。我们已经来到了荒郊野外，差不多有一个小时都没有看见一栋房屋、一座农庄了。

班车上的座位是蓝色硬塑料做的，每次班车剧烈颠簸，都把我们从座位上颠得跳起来。大伙儿都哈哈大笑，尖声大叫。司机不停地朝我们咆哮着要我们安静下来。

车上共有二十二个孩子前往营地。我坐在最后一排面对过道的座位上，所以能把每个人都数到。

男生十八个，女生只有四个。我猜想男生都是去月夜营地的，那也是我要去的地方。那几个女孩则是去附近的

一个女生营地。

女生集中坐在前排的座位上，压低声音窃窃私语。每过一会儿，她们就迅速回头张望一下，似乎在观察我们男生。

男生可比女生闹腾多了，粗声大气地说话，放声大笑，发出各种滑稽的声音，还嚷嚷一些无聊的废话。车开了很长时间，可我们过得倒是很开心。

坐在我旁边的男生名叫麦克，他坐在靠窗的座位上。麦克的模样有点儿像斗牛犬，他矮矮胖胖，长着一张圆圆的脸，胳膊和腿都粗粗壮壮的。他的头发很短，又黑又硬，他不停地伸手去挠，身上穿着松松垮垮的褐色短裤和一件无袖的绿色T恤衫。

一路上我们都坐在一起，但麦克不怎么说话。我猜想他是害羞，或者是心理比较紧张吧。他告诉我，这是他第一次参加在外过夜的夏令营。

其实我也是第一次。必须承认，随着班车载着我离家越来越远，我已经开始有点儿想念我的爸爸妈妈了。

我十二岁，以前从没有真正离开过家。虽然乘长途车挺好玩的，但我还是感觉有些忧伤，我想麦克心里也是这种滋味。

他把圆圆的脸贴在窗玻璃上，望着远处连绵起伏的红色群山。

"你没事吧,麦克?"我问。

"当然没事,比利。"他迅速回了一句,并没有转过脑袋。

我想起了我的爸爸妈妈,在车站上送我的时候,他们的神情看上去是那么严肃。我猜想他们也感到紧张吧,毕竟这是我第一次出去参加夏令营。

"我们每天都给你写信。"爸爸说。

"尽力而为吧。"妈妈说着,比以前更用力地搂了我一下。

她的话多么奇怪。她为什么不说"玩得痛快"?为什么要说"尽力而为"?

你恐怕也看出来了,我是个心思较重的人。

到现在为止,我只见过坐在我们前面的两个男孩。一个名叫科林,他长长的褐色头发垂到衣领上,戴着一副镀银的墨镜,使别人看不见他的眼睛。他动作有点儿粗鲁,脑门儿上还系着一根发带。

在他旁边,坐在靠过道座位上的是杰伊,一个大块头、爱吵闹的男孩。杰伊咋咋呼呼地谈论体育,还不停地吹嘘他是一个多么棒的运动员。他喜欢展示他胳膊上鼓鼓囊囊的肌肉,特别是当那些女生扭头朝我们张望的时候。

杰伊老是取笑科林,还不停地跟他打打闹闹,抓科林的脑袋,把科林的发带都弄歪了,反正就是胡闹一气。

杰伊长着一头乱蓬蓬的红头发，好像从来没有梳理过似的。他有一双大大的蓝眼睛，老是咧着嘴坏笑，没有一刻闲着。他一路上都在讲粗俗的笑话，还冲那些女生大声嚷嚷。

"喂——你叫什么名字？"杰伊朝坐在前排靠窗口座位上的一个黄头发女生喊道。

那女生很长时间没有理他。当杰伊第四次大声嚷出这个问题时，她回过头来，一双绿眼睛闪闪发亮。"道恩。"她回答道，然后她指着她旁边那个红头发的女生，"这是我的朋友多丽。"

"哇——太惊人了！我也叫道恩！"杰伊开玩笑说。

许多男生都爆笑起来，但道恩脸上一丝笑容也没有。"很高兴认识你，道恩。"她大声对杰伊说，然后她又把脸转向前面。

班车驶过马路上的一个大坑，我们都跟着颠了起来。

"哟，快看，比利。"麦克突然指着窗外说。

他已经很长时间没有说话了，我凑近车窗，想看看他指的是什么。

"我刚才好像看见了一只草原猫。"他说，仍然使劲瞪着眼睛。

"哦？真的吗？"我看见一小簇白色的矮树和许多参差不齐的红色岩石，但并没有看见什么草原猫。

"它跑到那些岩石后面去了，"麦克说，仍然用手指着，然后他转向我，"你看见城镇什么的了吗？"

我摇摇头："只有沙漠。"

"这个夏令营不是应该靠近一座小镇的吗？"麦克显得有些担忧。

"我看不是，"我告诉他，"我爸爸对我说，月夜营要穿过沙漠，在树林深处呢。"

麦克皱着眉头，久久地思索着我的话。"那么，如果我们想给家里打电话什么的，怎么办呢？"他问。

"营地里大概有电话吧。"我说。

我抬起头，正好看见杰伊把什么东西朝前排的女生扔了过去。那东西看上去像一个绿色的球，它砸中了道恩的后脑勺，粘在了她的黄头发里。

"嗨！"道恩生气地嚷道，她从头发里摘下黏糊糊的绿球，"这是什么？"她转脸气呼呼地瞪着杰伊。

杰伊发出他那种刺耳的嘎嘎笑声。"不知道，我发现它粘在座位底下！"他大声回答道恩。

道恩狠狠瞪了他一眼，把绿球扔了回来。它没有砸中杰伊，却打到了后车窗，啪的一声粘在了玻璃上。

大伙儿都哈哈大笑，道恩和她的朋友多丽朝杰伊做了个鬼脸。

科林摆弄着他的红色发带。杰伊把身子缩进椅子里，

抬起膝盖，把两只脚放在座位上。

在前面几排的地方，两个嘻皮笑脸的男生在唱一首我们都很熟悉的歌，但他们用一些难听的粗话代替了原来的歌词。

另外几个孩子也跟着唱了起来。

突然，车子停住了，吱的一声，轮胎在路面上摩擦，发出很响的声音。

我们都吃惊得叫了起来。我从座位上弹出去，胸口撞在了前面的座位上。

"哎哟!"这一下把我疼得够戗。

我回到座位上，心仍然怦怦跳个不停，司机站起来，朝我们转过身，迈着沉重的脚步走进过道。

"哦!"狭小的车厢里传出几声惊愕的喊叫，因为我们看见了司机的脸。

他的脑袋大得吓人，是粉红色的，上面笔直地竖立着一蓬乱糟糟的蓝色头发。他长着长长的尖耳朵，两个红彤彤的大眼球从黑洞洞的眼窝里凸出来，在野兽般的鼻子前跳来跳去。锋利的白色獠牙从洞开的嘴里露出来，两片肥厚的黑嘴唇上蒙着一层绿色的液体。

我们惊恐地瞪着眼睛，不敢说话。司机把怪物般的脑袋往后一仰，发出了一声野兽般的号叫。

2 奇怪的停车点

司机的号叫声惊天动地，震得车窗咔咔作响。

有几个孩子恐惧地尖叫起来。

我和麦克都俯下身子，躲在前排座位的后面。

"他变成了一个怪物！"麦克小声说，吓得眼睛睁得老大。

然后，我们听见前面传来了笑声。

我直起身来，正好看见司机把一只手伸到鲜蓝色的头发上，他用力一拽——整张脸都滑了下来！

"哦！"几个孩子吓得失声大叫。

可是我们很快发现，司机拎在手里的那张脸皮是一个面具，他刚才戴了一个橡皮的怪物面具。

司机的脸完全正常，我总算松了口气。他肤色较白，一头稀疏的黑色短发，一双小小的蓝眼睛。他摇着脑袋哈哈大笑，为他的恶作剧感到得意。

"人们每次都上当!"他举起那丑陋的面具大声说。

几个孩子跟他一起大笑，但大多数人都感到非常吃惊和迷惑，并不认为这很好玩。

突然，司机的表情大变。"都快点下车!"他恶狠狠地命令。

他拉了一下操纵杆，车门呼的一声滑开了。

"我们这是在哪儿?"有人喊道。

可是司机好像没听见，他把面具甩在驾驶座上，然后，低下脑袋免得撞到车顶，匆匆地下了车。

我从麦克跟前探过身，朝窗外望去，可是什么也看不见。只有连绵许多英里的平坦的黄土地，偶尔有几堆红色的岩石，看上去就像沙漠一样。

"我们干吗在这里下车?"麦克转脸望着我问道，我看出他真的很紧张。

"大概这里就是营地吧。"我开玩笑说，但麦克并不觉得这话很好笑。

我们推推搡搡地下了车，都感觉很困惑。我和麦克坐在后排，所以是最后下车的。

我的脚踏上了坚硬的地面，我手搭凉棚，挡住下午天空中耀眼的阳光。我们正处在一片平坦、开阔的地方，班车停在一个有网球场那么大小的水泥平台旁边。

"这肯定是个公共汽车站什么的,"我对麦克说,"你知道,就是汽车停靠点。"

他已经把双手插进了短裤口袋,他用脚踢着泥土,没有说话。

在平台的另一边,杰伊跟一个我还不认识的男孩玩起了推人比赛。科林靠在车身上扮酷,四个女生在靠近平台前的地方站成一圈,悄声议论着什么。

我注视着司机走到汽车旁,拉开了行李厢的门。他开始把行李和夏令营的箱子拖出来,搬到水泥平台上。

两个男生坐在平台边上看着司机忙活。在平台的另一边,杰伊和另外几个男生在比赛,看谁能把小红卵石扔得更远。

麦克双手仍然抄在口袋里,走到汗流满面的司机身后。"喂,我们在哪儿? 干吗在这儿停车?"麦克忐忑不安地问他。

司机把一只沉甸甸的黑箱子从行李厢后面拖出来,他根本不理睬麦克的问题。麦克又问了一遍,司机还是只当麦克不存在一样。

麦克慢吞吞地走回到我站的地方,鞋底擦着坚硬的地面,他看上去真的很担心。

我很困惑,但并不担心。我是说,司机正在心平气和地做他的事情,把车上的行李搬下来,他知道自己在做什

么。

"为什么他不回答我的话？为什么他什么都不告诉我们?"麦克问道。

麦克这么紧张，我心里很难受，但我不想再听见他提出那些问题，他弄得我也开始紧张起来。

我从他身边走开，顺着平台边缘走向那四个女生站的地方。在平台那边，杰伊和他那帮朋友还在进行扔石头比赛。

我走近时，道恩微笑地看着我，然后她迅速转开了目光。我想，她真的很漂亮，金色的秀发在灿烂的阳光下闪闪发亮。

"你是从中心城来的吗?"她的朋友多丽眯起眼睛看着我问道。她那长着雀斑的脸在阳光下扭歪了。

"不是，"我说，"我是米兰兹的，在中心城的北边，靠近外海湾。"

"我知道米兰兹在哪里，不用你解释!"多丽傲慢无礼地说，另外三个女生都笑了起来。

我感到自己的脸红了。

"你叫什么名字?"道恩用她的绿眼睛盯着我问道。

"比利。"我告诉她。

"我的宠物鸟也叫比利!"她喊了起来，女生们又是一阵大笑。

"你们女生要去哪儿?"我急于改变话题,赶紧问道,"我是说,哪个营地?"

"月夜营地。一个男生营地,一个女生营地,"多丽回答,"这是一辆月夜男女混合营地的班车。"

"你们的营地就在我们旁边吗?"我问,我根本不知道还有一个女生的月夜营地。

多丽耸了耸肩。"谁知道呢,"道恩回答,"我们是第一次来。"

"我们都是。"多丽加了一句。

"我也是,"我告诉她们,"不知道为什么要在这里停车。"

女生们都耸了耸肩。

我看到麦克在我身后徘徊,看上去比刚才更害怕了,我转身朝他走去。

"看,司机把我们的东西全搬下来了。"他指点着对我说。

我一转身,正好看见司机嘭地关上了行李厢的门。

"怎么回事?"麦克喊了起来,"会有人来接我们吗?他为什么把我们的东西都搬了下来?"

"我去打听打听。"我轻声说,拔腿朝司机跑了过去。他正站在敞开的车门前,用棕褐色司机制服的短袖擦着大汗淋漓的额头。

他看见我过来——就迅速钻进了车里。他坐进驾驶座，把绿色的遮阳帽拉下来盖住额头，我赶紧走到车门口。

"会有人来接我们吗?"我对着车里问他。

可没想到，他一拉操纵杆，车门在我的面前嘭的一声关上了，把我吓了一跳。

发动机轰隆隆地响了起来，喷出一股灰色的尾气。

"喂!"我大声叫道，愤怒地捶打着玻璃车门。

班车吱的一声开动了，我赶紧往后一跳，轮胎碾过坚硬的泥土，发出很响的声音。"喂!"我喊道，"你想把我撞死啊!"

我气呼呼地注视着班车在路上颠簸，轰隆隆地驶远，然后我转向麦克。他站在四个女生旁边，现在他们都显得很担忧了。

"他……他走了，"麦克看到我走近时结结巴巴地说，"他把我们扔在这个前不着村、后不着店的地方。"

我们凝望着班车在路上渐渐远去，最后消失在了逐渐黑暗的地平线上。一下子，我们都变得沉默了。

几秒钟后，我们听见了令人毛骨悚然的动物的嗥叫。

离得很近，而且越来越近。

3 可怕的草原狼

"那……那是什么?"麦克结结巴巴地问。

我们转向嗥叫发出的方向。

叫声似乎是从平台对面传来的。起先,我以为杰伊、科林和他们的朋友在跟我们开玩笑,学着野兽的叫声吓唬我们。

接着我看见他们也把眼睛睁得大大的,脸上露出恐惧的表情。杰伊、科林和其他人都待在原地不动,也没有发出任何声音。

叫声越来越响,越来越近。

声音尖厉,令人胆寒。

我目不转睛地盯着远处,盯着平台之外,接着便看见了。一群黑糊糊的小型动物,在平坦的地面上压低身子迅速奔跑,它们边向我们冲来,边扬起脑袋发出兴奋的尖叫。

"它们是什么东西?"麦克凑到我身边,大声问道。

"是草原狼吗?"多丽声音发抖地问。

"但愿不是!"另一个女生大声喊。

我们都爬到水泥平台上,挤缩在行李后面。

那些动物越来越近,叫声也越来越响。我看见它们有好几十只,它们像被风吹着,快速掠过平坦的地面,正向我们冲来。

"救命!快来人救命!"我听见麦克在尖叫。

在我旁边,杰伊手里仍然拿着刚才扔石头比赛用的两块红石头。"快捡石头!"他焦急地嚷道,"也许我们能把它们吓跑!"

那些动物在离水泥平台几英尺远的地方停住了,气势汹汹地抬起前腿站了起来。

我被挤在麦克和杰伊中间,现在能看清楚它们的模样了。它们是狼或某一种野猫,直立起来差不多有三英尺高。

它们身体细长,几乎可以说是瘦骨嶙峋,全身覆盖着斑斑点点的红棕色的毛。爪子上生出长长的银色指甲。它们的脑袋差不多跟身体一样细长,小小的、黄鼠狼一般的眼睛贪婪地瞪着我们。长长的嘴巴一张一合,露出两排短剑般的银白色牙齿。

"不！不！救命！"麦克扑通跪倒在地，整个身体都在恐惧地抽搐。

几个孩子哭了起来，其他人则惊恐万状地默默凝视着那些逼近的动物。

我完全被吓坏了，不会喊叫，不会动弹，不会做任何事情了。

我呆呆地望着那群动物，心跳得像打鼓一样，嘴里发干。

那些动物平静下来，它们站在离平台几英尺的地方，打量着我们，嘴巴一开一合，发出响亮的、恶狠狠的声音，嘴角开始涌出白沫。

"它们……它们准备进攻了！"一个男孩喊道。

"它们看上去饿坏了！"我听见一个女生说。

厚厚的白沫堆积在它们尖尖的獠牙上，它们的嘴巴继续一开一合，那声音就像十几个金属捕鼠夹在开合一样。

突然，其中的一只跳到了平台边上。

"不！"几个孩子异口同声地叫了起来。

我们挤得更紧了，拼命想躲在那堆行李后面。

又有一只动物爬上了平台，接着是第三只。

我后退了一步。

我看见杰伊扬起胳膊，朝一个喷着白沫的动物扔出去一块红石头。石头啪的一声砸在平台上，弹开了。

那些动物一点儿也不害怕，它们弓起后背，准备进攻。

它们开始发出一种刺耳的、咔嗒咔嗒的声音。

离我们越来越近，越来越近。

杰伊又扔出一块石头。

这次石头砸中了一只动物的身体。它吃惊得尖叫一声，但仍然一步步向前逼近，一双血红的眼睛紧紧盯着杰伊，下巴贪婪地一开一合。

"滚！"多丽用颤抖的声音喊道，"滚回去！滚开！滚！"

然而她的喊叫没有任何作用。

那些动物还在向我们逼近。

"跑！"我大喊一声，"快跑！"

"我们跑不过它们的！"有人喊道。

刺耳的、咔嗒咔嗒的声音越来越响，震耳欲聋。最后，这声音像墙壁一样把我们紧紧包围。

那些丑陋的动物猫下身子，准备朝我们扑来。

"跑！"我又喊了一遍，"快——跑！"

我的腿已经不听使唤，它们绵软无力，好像是橡皮做的。

我连连后退，想躲开这些扑上来的动物，结果一下子从平台上仰面栽了下去。

　　我的脑袋重重地撞在坚硬的地面上，眼前直冒金星。

　　它们肯定会抓住我，我想。

　　我逃不掉了。

4 "四号简易房"

我听见汽笛般的呐喊声。

我听见那些动物长长的爪子擦过水泥平台的声响。

我听见被吓得魂飞魄散的营员们发出的尖叫。

接着，就在我拼命挣扎着站起来的时候，我听见了那声震耳欲聋的巨响。

起先我以为发生了爆炸。

以为平台被炸飞了。

可当我转过身，看见的却是一支来复枪。

又是一声枪响，空气里弥漫着硝烟的气味。

那些动物转过身，飞快地逃跑了。它们不再出声，身子压得很低，尾巴夹在毛茸茸的后腿间，乱糟糟的皮毛拖在地上。

"哈哈！看它们逃跑的狼狈样儿！"那人把枪竖在肩

头，注视着那些动物撤退。

在他身后，是一辆长长的绿色公共汽车。

我从地上站起来，掸去身上的尘土。

现在大家都在哈哈大笑，欢呼雀跃，庆祝刚才的死里逃生。

我仍然惊魂未定，没有心思庆祝。

"它们跑得像大耳朵野兔！"那人用低沉浑厚的声音说，他把枪放了下来。

我过了一会儿才明白，是他从营地汽车里出来救了我们。刚才在那些动物的叫喊声中，我们没有听见汽车驶来的声音。

"你没事吧，麦克?"我问，走向我那位神色惊恐的新朋友。

"没事，"他犹犹豫豫地回答，"我想现在没事了。"

道恩兴奋地拍了一下我的后背，嘻皮笑脸地说："我们没事了!"她嚷道，"没事了!"

我们聚集在那个拿枪的男人面前。

他是个红脸膛的汉子，头顶几乎全秃了，只有脑袋周围有一圈黄色的卷发。他那突出的大鼻子下面有一撮浅黄色的小胡子，浓密的浅黄色眉毛下面是一双鸟类般的小黑眼睛。

"嗨，伙计们! 我是艾尔大伯，我是你们的营地负责

人。我们用这种方式欢迎你们来到月夜营地，希望你们喜欢!"他用低沉浑厚的声音说。

我听见大家含混地应答着。

他把来复枪靠在汽车上，朝我们走了几步，仔细端详我们的脸。他穿着白色的短裤和一条被大肚皮绷得紧紧的鲜绿色的营地T恤衫。从车里又下来两个年轻人，也穿着绿T恤和白短裤，脸上表情严肃。

"我们搬行李吧。"艾尔大伯用低沉的声音吩咐他们。

他并没有为来晚了而道歉。

他也没有解释那些奇怪的动物是怎么回事，更没有问我们受了那番惊吓之后感觉如何。

两个辅导员开始把我们的行李搬起来塞进汽车的行李厢里。

"看来今年的这个团队不错，"艾尔大伯大声说，"过了河我们先把你们女生放下，然后再带你们男生去安顿下来。"

"那些可怕的动物是什么东西呀?"多丽大声问艾尔大伯。

艾尔大伯似乎没有听见她的话。

我们开始上车。我寻找麦克，发现他排在队伍的末尾。他脸色苍白，一副惊魂未定的样子。"我……我真是吓坏了。"他承认道。

"可是现在没事了，"我安慰他说，"我们可以放松下来，好好玩玩。"

"我饿极了，"麦克抱怨道，"一整天没吃东西。"

他的话被一个辅导员听见了。"等你尝到营地的伙食，就不会饿了。"他对麦克说。

我们排着队上了车。我坐在麦克旁边，我听见这可怜的家伙的肚子在咕咕叫。我突然发现我也饿了，而且我迫不及待地想看看月夜营地是什么样子，但愿这次汽车不用开很长时间。

"我们的营地有多远？"我大声问艾尔大伯，他已经坐进了驾驶座。

他似乎没有听见我的话。

"嘿，麦克，我们上路了！"汽车驶到公路上时，我高兴地说。

麦克勉强露出笑容。"我真高兴离开那个地方！"

让我吃惊的是，汽车只开了不到五分钟。

这么短的路程，我们都惊讶地小声嘟囔，为什么第一辆班车不直接把我们送过来呢？

一个很大的木头标牌映入眼帘，上面写着"月夜营"，艾尔大伯把车子拐到一条砾石路上，穿过一片矮树林，进入营地。

我们顺着弯弯曲曲的小路穿过一条棕色的小河，眼前

出现了几座小房子。"女生营地。"艾尔大伯说。汽车停下来，让四个女生下车，道恩下车时朝我挥了挥手。

几分钟后，汽车拐进了男生营地，我透过车窗看见一排白色的小木屋。在一个平缓的山坡顶上，矗立着一座铺着白木瓦的大房子，大概是会议室或礼堂吧。

在一片空地边缘，有三个穿着白短裤和绿T恤的辅导员，他们正在给一个很大的石头烧烤灶生火。

"嘿，我们要野餐啦！"我大声对麦克喊道，我真的开始感到激动了。

麦克也笑了，他一想到吃的就流出了口水！

汽车在一排简易小房子的尽头突然停住了。艾尔大伯从驾驶座上迅速站起身，转向我们。"欢迎来到美丽的月夜营！"他声如洪钟地说，"下车排队等候分配床铺。收拾完毕、吃过晚饭之后，在篝火旁集合。"

我们闹哄哄地挤下了汽车，我看见杰伊兴致勃勃地拍打另一个男孩的后背。我想大家现在都觉得心里放松多了，忘记了刚才的死里逃生。

我下了车，深深吸了口气。凉爽的空气确实新鲜宜人，我看见山顶上的白房子后面有一长溜低矮的常青树。

我排在队伍里，寻找河水的踪影。我听见一排茂密的常青树后面传来轻轻的流水声，但却看不见河。

我和麦克、杰伊、科林被分到同一间简易房——"四号简易房"。我认为简易房应该有一个更有趣的名字，却只有一个数字："四号"。

简易房真小，天花板很低，两面开着窗户，它的大小只够住六个营员。三面墙边放着双层行军床，第四面墙边有几个高高的搁架，房间中央有一小块四四方方的空地。

没有浴室，我猜大概在别的房子里。

我们四个走进简易房时，发现一张床已经有人住了。床上收拾得整整齐齐，绿毯子叠得方方正正，上面还放着几本体育杂志和一个录音机。

"肯定是我们的辅导员睡的。"杰伊说着，拿起录音机查看着。

"但愿我们不用穿那种难看的绿T恤。"科林笑嘻嘻地说。他仍然戴着那副镀银的太阳镜，尽管太阳已经快要落山，小屋里黑得几乎跟夜里一样。

杰伊要了上铺的一张床，科林在他下面。

"我可以要下铺吗？"麦克问我，"我夜里老爱滚来滚去，恐怕会从上面摔下来。"

"行，没问题！"我回答。我本来就想要上铺，上铺多有意思啊。

"希望你们不要打呼噜。"科林说。

"反正不会在这里睡觉，"杰伊说，"我们整夜都要开派对！"他开玩笑地拍了一下麦克的后背，用的劲儿太大

了，麦克一头撞到了柜子上。

"哎哟！"麦克惨叫道，"疼死了！"

"对不起，我不知道自己的力气有这么大。"杰伊说着，朝科林调皮地一笑。

小屋的门开了，一个满脸深色雀斑的红头发男人走了进来，手里拿着一只灰色的大塑料袋。他个子很高，身材精瘦，穿着白色短裤和绿色的营地T恤。

"嘿，伙计们，"他说着哼了一声，把大袋子扔在小屋地上，核对了我们几个人的姓名，然后指着袋子，"这是你们的床上用品，"他说，"快铺床吧，尽量铺得像我的床一样整洁。"他指着窗口那张放着录音机的小床。

"你是我们的辅导员吗？"我问。

他点点头。"是啊，我很荣幸。"说完就转身往门外走。

"你叫什么名字？"杰伊追着他的背影问。

"拉里，"他说着推开了小屋的门，"你们的行李几分钟后就到，"他对我们说，"你们可以来一场抽屉争夺大战。有两个抽屉卡住了，打不开。"

他朝门外走去，又转过身来对我们说："别动我的东西。"他走出去，把门重重地关上了。

我朝窗外望去，注视着他迈着轻快的大步，脑袋来回摆动着，迅速走远了。

"真是个好人。"科林讽刺地嘟囔道。

"确实很友好。"杰伊摇摇头跟了一句。

接着我们扑到塑料袋上，从里面抽出床单和羊毛毯子。杰伊和科林为一条毯子展开了一场摔跤比赛，因为他们认为它比别的毯子更加柔软。

我把一条床单扔到我的床垫上，开始爬上去铺床。

可刚爬到一半，就听见麦克尖叫起来。

5 冒险的计划

麦克正在我下面铺床。他的叫声那么刺耳，惊得我也不由得大喊一声，差点儿从梯子上摔下来。

我跳下梯子，走到他身边，心怦怦狂跳着。

麦克眼睛死死盯着前面，惊恐地张大了嘴巴，从床边连连后退。

"麦克——怎么啦？"我问，"这是什么？"

"蛇……蛇！"麦克结结巴巴地说，呆呆地望着他那张没有铺好的床，一步步后退。

"什么？"我循着他的视线望去。屋里太黑了，什么也看不清。

科林笑了起来。"该不是那个老掉牙的恶作剧吧！"他喊道。

"拉里把橡皮蛇放在了你的床上。"杰伊说着，笑眯眯地走到我们身边。

"不是橡皮蛇！是真的蛇！"麦克一口咬定，他的声音有些发抖。

杰伊笑了起来，摇了摇头。"真不敢相信你居然吃这一套。"他朝那张床跨了几步——停住了脚步，"哟——"

我凑上前去，两条蛇出现在我的视线里。它们从阴影里竖起身子，细长的脑袋弓起来向后仰着，似乎正准备发起进攻。

"是真的蛇！"杰伊喊了一声，转向科林，"共有两条！"

"大概不是毒蛇。"科林说着，大着胆子又走近了些。

两条蛇发出气势汹汹的咝咝声，在床上竖得老高。它们的身体很长、很瘦，脑袋比身体略宽一些。它们可怕地弓起身子，嘴里的芯子迅速地来回闪动。

"我最怕蛇了。"麦克轻声说道。

"它们大概也怕你呢！"杰伊开玩笑说，一巴掌拍向麦克的后背。

麦克惨叫一声。他没有心情跟杰伊打闹。"我们得去叫拉里或其他人。"麦克说。

"不用！"杰伊断然地说，"你可以对付它们，麦克。不就一共两条蛇嘛！"

杰伊开玩笑地把麦克朝床上一推，他本来只是想吓唬麦克一下。

可是麦克脚步踉跄——摔倒在床上。

两条蛇同时发起进攻。

我看见一条蛇把牙齿扎进了麦克的手。

麦克站了起来。他一开始没有反应，接着发出一声凄厉的尖叫。

两滴鲜血出现在他的右手背上，他呆呆地低头望着，然后一把抓住了手。

"它咬了我！"他尖叫道。

"哦，糟糕！"我大声说。

"皮被咬破了吗？"科林问，"流血了吗？"

杰伊冲上前抓住麦克的肩膀。"嘿，哥们儿——我，我真的很抱歉，"他说，"我，我不是故意……"

麦克痛苦地呻吟着。"疼……真疼啊。"他小声说。他呼吸急促，胸脯剧烈起伏着，喘气时发出奇怪的声音。

那两条蛇盘在下铺的床上，又开始发出咝咝的声音。

"你最好赶紧去找护士，"杰伊说，他的手仍然搭在麦克的肩膀上，"我陪你一起去。"

"不……不用，"麦克结结巴巴地说，他脸色惨白，像一个幽灵，"我去找护士！"他冲出了小屋，用最快的速度奔跑，门在他身后嘭地关上。

"我说……我不是故意推他的，你们知道，"杰伊向我们解释道，看得出来，他心里确实感到不安了，"我只是想开个玩笑，只是想吓唬他一下。我不是故意把他推倒的……"他说不下去了。

"我们拿它们怎么办呢？"我指着那两条盘起来的蛇问道。

"我去叫拉里。"科林说。他拔腿朝门口走去。

"不，等等，"我把他叫了回来，"你们看，它们是在麦克的床单上，对吗？"

杰伊和科林循着我的视线朝床上望去。两条蛇把身子高高地弓起来，准备再次发起攻击。

"那又怎么样？"杰伊挠了挠乱糟糟的头发，问道。

"那样我们就能用床单把它们包起来，搬到外面去。"我说。

杰伊用眼睛瞪着我："我怎么就没想到这一招儿呢？说干就干，伙计！"

"你会被咬着的。"科林提醒道。

我盯着那两条蛇，它们似乎也在端详我。"它们不可能隔着床单咬人。"我说。

"它们会拼命来咬你的！"科林惊叫道，后退了几步。

"如果我们出手够快，"我说，小心翼翼地朝床边跨了一步，"就能在它们反应过来之前把它们兜起来。"

两条蛇咝咝地发出警告的声音，身体仰得更高了。

"它们到底是怎么进来的呢?"科林问道。

"说不定营地里到处爬满了蛇,"杰伊笑嘻嘻地说,"说不定你的床上也有几条呢,科林!"他大笑起来。

"我们严肃点吧。"我一本正经地说,眼睛牢牢地盯着那两条盘起来的蛇,"我们到底要不要试试这一招儿?"

"要,来吧,"杰伊回答,"这是我欠麦克的。"

科林一言不发。

"我敢说我能抓住一条蛇的尾巴,把它扔出窗外,"杰伊说,"你抓住另一条蛇的尾巴……"

"先试试我的计划吧。"我轻声提出建议。

我们蹑手蹑脚地凑近那两条蛇,准备偷袭它们。这说起来有点荒唐,因为它们正用眼睛盯着我们呢。

我指着放在床上的床单的一角。"你抓住那儿,"我对杰伊说,"迅速地往上一拉。"

他迟疑着:"如果我没抓住呢?如果你没抓住呢?"

"那我们就倒霉了。"我板着脸回答,我用眼睛盯着蛇,一只手伸向床单的另一角,"准备好了吗?我数到三。"我轻声说。

我的心快要跳到嗓子眼儿里了,嘴里几乎发不出声音:"一,二,三。"

数到三时,我们俩同时去抓床单的角。

"快拉!"我尖声叫道,简直不敢相信这声音是从我嘴里发出来的。

我们把床单兜起来，把四个角聚在一起，打成一个布包。

两条蛇在布包的底部疯狂地扭动着，我听见它们的下巴在一开一合。它们扭动得太厉害了，布包的底部不停地左右摇晃。

"它们不喜欢这滋味。"杰伊说，我们俩拖着扭动、摇摆的布包，匆匆朝门口走去，并尽量让自己的身体离布包远一点。

我用肩膀把门撞开，我们跑到外面的草地上。

"现在怎么办？"杰伊问道。

"再往前走，"我回答，我看见一条蛇已经把脑袋伸了出来，"快！"

我们跑过一座座简易小房，跑向一小片灌木丛，灌木丛后面是一小片矮树丛。我们跑到树丛边，把布包往后一扬，连蛇带床单都抛进了树丛里。

床单落地时散开了，两条蛇立刻钻出来，爬到树荫里不见了。

我和杰伊如释重负地大声舒了口气。我们在那里站了一会儿，弯着腰，双手扶着膝盖，拼命喘着粗气。

我俯下身，寻找那两条蛇的踪影，可是它们早已爬进常绿树丛间躲了起来。

我站起身来。"我想我们应该把麦克的床单拿回去。"我说。

"他恐怕不会愿意睡在上面了。"杰伊说，但他还是弯下腰，把床单从草地上扯了起来。他把床单揉成一团，扔给了我。"这上面大概还有蛇的毒液呢。"说着，他做了个表示恶心的鬼脸。

我们回到简易小房时，科林已经铺好了他的床，正忙着把箱子里的东西拿出来，一股脑儿地塞进柜子最上面一层的抽屉。"怎么样？"他随口问道。

"可怕极了，"杰伊立刻答道，一脸严肃，"我们俩都被咬了，咬了两口。"

"你是个讨厌的谎话大王！"科林笑着说，"你别想骗我。"

杰伊也笑了起来。

科林转向我。"你是个好样的。"他说。

"感谢你的热情帮助。"杰伊讽刺地对他说。

科林刚要回答，房间的门突然开了，拉里把他的雀斑脸探了进来。"怎么回事？"他问，"你们还没有收拾完吗？"

"我们遇到点小麻烦。"杰伊对他说。

"第四个男孩怎么不见了？那个小胖子？"拉里问道，为了不被门框撞到，他低下脑袋走进房间。

"麦克被咬了，被一条蛇咬了。"我告诉他。

"他床上有两条蛇。"杰伊补充道。

拉里的表情没有变化，他似乎一点儿也不感到吃惊。"麦克去了哪儿?"他轻描淡写地问，啪的一下打死了胳膊上的一只蚊子。

"他的手流血了，他找护士去了。"我对他说。

"什么?"拉里惊讶地张大嘴巴。

"他去找护士了。"我又说了一遍。

拉里把脑袋往后一扬，朗声大笑起来。"护士?"他大声说，笑得更响了，"什么护士?"

6 恐怖的嗥叫声

门开了，麦克回来了，仍然捏着他那只受伤的手。他脸色惨白，神情惊恐。"他们说这里没有护士。"他对我说。

接着他看见拉里坐在床上。"拉里——我的手。"麦克说。他把手举起来让辅导员看，手上鲜血淋漓。

拉里从床上下来。"我好像有一些绷带。"他对麦克说。他从床底下拖出一个细长的黑匣子，在里面翻找起来。

麦克举着手站在他身旁。鲜血一滴滴地落在房间的地上。"他们说营地没有护士。"麦克又说了一遍。

拉里摇了摇头。"这个营地如果有谁受了伤，"他严肃地对麦克说，"只能靠自己解决。"

"我觉得我的手有点儿肿了。"麦克说。

拉里递给他一卷绷带。"卫生间在这排小房间的尽头，"他一边对麦克说，一边关上黑匣子，把它推回到床底下，"去把手洗洗，缠上绷带。快，马上就要吃晚饭了。"

麦克用另一只手紧紧抓住绷带，匆匆地去执行拉里的吩咐了。

"顺便问一句，你们是怎么把那两条蛇弄出去的?"拉里环顾着小房间问道。

"我们把它们兜在麦克的床单里拎了出去。"杰伊对他说。接着杰伊又指了指我，"是比利的主意。"

拉里很专注地盯着我。"嘿，真让我意外，比利，"他说，"表现得挺勇敢啊，伙计。"

"我大概是遗传了我父母的一些特点，"我对他说，"他们都是科学家，从事探险之类的工作。他们一出门就是好几个月，在最最荒凉的地方探险。"

"月夜营也相当荒凉呢，"拉里说，"你们这些男孩最好多留点儿神。"他的表情变得严肃起来，"我们这儿没有护士，艾尔大伯认为娇惯你们这些男孩没有什么好处。"

热狗都烤煳了，但我们实在是饿极了，根本不在乎。我狼吞虎咽，五分钟不到就塞下了三个，我好像一辈子都没有饿得这么厉害过。

营地的篝火在一片平坦的空地上，周围是一圈白色的圆石头。在我们后面，那座白木瓦的大房子高高耸立在山坡上，我们前面那片茂密的常绿树形成一道篱笆栅栏挡住了河流。

透过树丛间的狭缝，我看见远处的河对岸闪烁着一堆篝火，我猜想那是女生营地的篝火。

我想起了道恩和多丽，不知道两个营地的营员还能不能聚在一起，我还能不能再见到她们。

围着熊熊的篝火野餐，大家的情绪似乎都好了起来。在我周围，只有杰伊一个人抱怨热狗烤煳了，但我发现他一口气吃了四五个呢！

麦克的手上缠着绷带，吃东西很不方便。第一个热狗从他手里掉在地上，我认为他简直要哭了。可是到野餐结束时，他的情绪好多了。他受伤的那只手有点肿，但他说疼得不像原来那么厉害了。

辅导员一眼就能认出来，他们都穿着一模一样的白短裤和绿T恤。大概有十来个，都是大约十六七岁的年轻小伙子。他们聚在那里安安静静地吃东西，跟我们营员不坐在一起。我不停地去看拉里，但他一次也没有回头望望我们中间的任何人。

我心里想着拉里不看我们的事，想弄清他是因为害羞，还是不太喜欢我们这些营员。突然，艾尔大伯站了起来，用两只手示意我们安静。

"我对你们这些男孩参加月夜营表示欢迎，"他说道，"我希望你们在简易房里都打开行李，舒舒服服地安顿下来了。我知道你们大多数人都是第一次参加夏令营。"

他语速很快，句子和句子之间没有停顿，就好像这番话他已经说过上千遍了，只想着赶紧说完。

"我要把我们的一些基本规定告诉你们，"他继续说道，"首先，晚上九点整熄灯。"

许多男生都唉声叹气。

"你们大概认为可以对这条规定置之不理，"艾尔大伯不理睬他们的反应，继续说道，"你们大概认为可以偷偷溜出简易房去约会或去河边散步，但是我现在警告你们，这是不允许的，而且我们有的是办法确保大家遵守这条规定。"

他停住话头，清了清喉咙。

几个男孩不知为什么事咯咯地笑了起来。我对面的杰伊打了个响嗝，惹得那些人笑得更厉害了。

艾尔大伯似乎什么也没听见。"河对岸是女生营地，"他指着那片树林，继续大声说道，"你们大概能看见她们的篝火。我需要说明的是，游泳或划船去女生营地是绝对禁止的。"

几个男生大声发出抱怨，逗得每个人都笑了起来。就

连几个辅导员也忍俊不禁，艾尔大伯还是板着一张脸。

"月夜营周围的树林里有许多大灰熊和大树熊，"艾尔大伯接着说道，"它们会到河边洗澡和饮水，而且它们通常都饿着肚子。"

我们围坐在逐渐熄灭的篝火旁，听了这话又是一阵激烈的反应。有人发出野兽般的咆哮声，还有一个男孩尖叫起来，接着大家都哈哈大笑。

"如果一只熊抓掉你的脑袋，你就笑不出来了。"艾尔大伯严厉地说。

他转向圈子外面的那群辅导员。"拉里、科特，上这儿来。"他吩咐道。

两位辅导员顺从地站起来，走到圆圈中间，站在艾尔大伯旁边。

"我要你们俩向新营员们示范一下该怎么做……呃，我是说如果你们碰到了一头大灰熊的话。"

两位辅导员立刻趴倒在地。他们平躺在那里，用两只手护住后脑勺。

"很好。我希望你们都格外注意，"营地负责人声如洪钟地对我们说，"护住自己的脖子和脑袋，尽量不要动弹。"他指了指两位辅导员，"谢谢你们，伙计，你们可以起来了。"

"这里有人遭到过熊的攻击吗？"我大声问道，把双手拢在嘴边，让艾尔大伯能够听见。

他把脸转向我这边。"去年夏天发生过两起。"他回答道。

几个男生倒吸了口冷气。

"这不是什么好玩的事，"艾尔大伯继续说，"一头大熊用爪子挠你，把口水滴在你身上，你很难坚持一动不动，但是只要你一动……"他没有说下去，大概是要我们大家发挥想象吧。

我觉得后背掠过一丝冰冷的战栗，我不愿意去想大熊和它们的攻击。

爸爸妈妈把我送到了一个什么样的营地啊？我发现我在问自己。我迫不及待地想给他们打电话，把已经发生的事情统统告诉他们。

艾尔大伯等每个人都安静下来，用手指着旁边。"你们看见那边的那个简易房了吗？"他问。

在昏暗的暮色中，我看见一座小屋坐落在通向大房子的半山坡上。它看上去比别的简易房略大一点，好像建得有点歪，朝侧面微微倾斜，似乎大风曾试图把它刮倒。

"我希望你们大家都看到了那座小屋。"艾尔大伯提醒道，他那雷鸣般的声音盖过了噼噼啪啪的篝火声，"它的名字叫'禁屋'，我们从不谈论那座小屋——也从不走近它。"

　　我透过灰暗的暮色望着那座黑糊糊的倾斜的小屋，全身又掠过一阵冰冷的战栗。我觉得脖子后面被刺痛了一下，我啪的一下，拍死了一只蚊子，但是动作慢了一点，还是被它叮着了。

　　"我把我说的话再重复一遍，"艾尔大伯大声说，仍然指着山坡上的那座黑屋，"它的名字叫'禁屋'，已经关闭和封死许多年了。任何人都不许靠近那座小屋，任何人都不许。"

　　听了这话，大家议论纷纷，有人还发出笑声，我想大概是紧张的笑声吧。

　　"为什么'禁屋'不让人进入？"有个人大声问道。

　　"我们从不谈论这事。"艾尔大伯严厉地回答。

　　杰伊凑过来，对着我咬耳朵："我们去查个明白。"

　　我笑了起来，然后我不敢相信地转向杰伊："你在开玩笑，对吗？"

　　他只是咧嘴笑着，什么也没说。

　　我把目光移向篝火。艾尔大伯正在祝我们夏令营愉快，并说他多么期待今年的夏令营。"还有一条规定，"他大声说，"你们必须每天给父母写信，每天都写！我们想让他们知道你们在月夜营过得多么开心。"

　　我看见麦克小心翼翼地捧着受伤的手。"开始一跳一跳地疼了。"他对我说，从声音听出他非常害怕。

"也许拉里有药可以抹在上面，"我说，"我们去问问他吧。"

艾尔大伯宣布解散。我们都从地上爬起来，伸着懒腰，打着哈欠，三五成群地返回我们的简易房。

我和麦克落在后面，希望能跟拉里说上话。我看见他在跟别的辅导员谈话，拉里比其他人至少高出一个头。

"喂，拉里——"麦克喊道。

可是等我们推开拥挤的人群，朝他那边走去时，拉里已经不见踪影了。

"他大概会到我们的简易房去监督我们遵守熄灯令的。"我说。

"我们去看看吧。"麦克焦急地回答。

我们快步走过逐渐熄灭的篝火。火堆里噼噼啪啪的声音停止了，但仍然闪着深红色的光，然后我们顺着弯曲的山道朝"四号简易房"走去。

"我的手疼得特别厉害。"麦克呻吟道，轻轻地把手举到面前，"我不是在叫苦。它一跳一跳地疼，正在肿起来，而且我开始打摆子了。"

"拉里会知道怎么办的。"我尽量用安慰的口气回答他。

"但愿如此。"麦克声音发颤地说。

突然，我们听见了嗥叫声，都停住了脚步。

恐怖的嗥叫声，像一头遭受痛苦的野兽发出的，但是那声音太像人声了，不可能是动物发出来的。

　　长长的、凄厉的嗥叫声划破夜空，在山坡上久久回荡。

　　麦克轻轻地倒吸了一口冷气，他转向我。尽管夜色昏暗，我也能看见他脸上的恐惧。

　　"那些叫声，"他轻声说，"是从……是从'禁屋'里传出来的！"

7 神秘的"禁屋"

几分钟后，我和麦克拖着疲惫的步伐走进小屋。杰伊和科林都紧张地坐在各自的床上。"拉里呢?"麦克问道，声音里透着恐惧。

"不在这儿。"科林回答。

"他在哪儿?"麦克声音刺耳地追问，"我必须找到他，我的手!"

"他应该很快就回来的。"杰伊插嘴说。

我听见奇怪的嗥叫声从敞开的窗户外传来。"你们听见了吗?"我一边问，一边走到窗口，侧耳倾听。

"大概是一只草原猫。"科林说。

"草原猫不会发出嗥叫，"麦克对他说，"草原猫只会尖叫，不会嗥叫。"

"你怎么知道的?"科林问道，然后走到拉里床边，坐

在了下铺的床上。

"我们在学校里学过。"麦克回答。

又是一声嚎叫，我们都停住话头听着。

"听声音像是一个人，"杰伊说，兴奋得眼睛发亮，"一个被关在'禁屋'里好好多年的人。"

麦克使劲咽了口唾沫："你真的这样认为？"

杰伊和科林大笑起来。

"我的手怎么办呢？"麦克把手举起来问道，手显然是肿了。

"再用水冲冲，"我对他说，"重新换一个绷带，"我凝视着窗外的黑夜，"也许拉里很快就回来了，他大概知道上哪儿去找点药抹一抹。"

"我真不敢相信这里竟然没有护士。"麦克带着哭腔说，"我爸爸妈妈干吗把我送到一个没有护士也没有医务室的营地来呢？"

"艾尔大伯不愿意娇惯我们。"科林重复着拉里的话说。

杰伊站了起来，开始模仿艾尔大伯。"不要靠近'禁屋'！"他用低沉浑厚的声音大声说，学得还真是很像，"我们从不谈论它，也从不靠近它！"

我们都被杰伊的表演逗得哈哈大笑，麦克也不例外。

"我们应该今天夜里就去！"科林兴致勃勃地说，"立刻就去查个水落石出!"

这时我们又听见一声长长的、悲哀的嗥叫,从山坡上"禁屋"的方向传来。

"我……我认为我们不该这么做,"麦克查看着他的手,轻声说道,他拔腿朝门口走去,"我去把手冲一冲。"门在他身后重重地关上了。

"他吓坏了。"杰伊讥笑道。

"我也有点害怕,"我承认道,"我是说,这些可怕的嗥叫……"

杰伊和科林都笑了起来。"每个营地都有'禁屋'这样的东西,全是营地负责人编出来的。"科林说。

"是啊,"杰伊赞同道,"营地负责人就喜欢吓唬小孩,这是他们唯一的乐趣。"

他挺起胸膛,又开始模仿艾尔大伯。"熄灯后不许出门,不然别人就再也看不见你了!"他粗声粗气地说,然后爆发出一阵大笑。

"那个'禁屋'里什么也没有,"科林摇晃着脑袋说,"里面大概完全是空的,这只是一个恶作剧。你们知道的,就像营地的鬼故事,每个营地都有自己的鬼故事。"

"你是怎么知道的?"我问,一屁股坐在了麦克的床上,"你以前参加过夏令营?"

"没有,"科林回答,"但我的朋友们跟我说过他们在

夏令营的事。"他举起手，第一次摘下了那副镀银的太阳镜。他有一双明亮的、湛蓝色的眼睛，就像两颗大大的蓝宝石。

我们突然听见了吹号声，重复着一个缓慢而忧伤的调子。

"肯定是熄灯号。"我打着哈欠说。我开始脱鞋。我太累了，不想换衣服，也不想洗漱，打算就穿着衣服睡觉。

"我们溜出去，到'禁屋'去看看吧，"杰伊怂恿道，"走吧，我们可以赶在别人前面！"

我又打了个哈欠。"我真的累坏了。"我对他们说。

"我也是，"科林说，他转向杰伊，"明天夜里怎么样？"

杰伊失望地拉长了脸。

"明天吧。"科林坚持道，他把鞋子踢到墙角，开始脱袜子。

"如果我是你们，就不会这么做！"

说话声把我们三个吓了一跳。我们转脸望着窗口，拉里的脑袋突然在黑暗中出现了，他笑眯眯地看着屋里的我们。"如果我是你们，就会听艾尔大伯的话。"他说。

他在窗外偷听我们说话多久了？我心里疑惑，他是在故意监视我们吗？

门开了，拉里低着脑袋走了进来，他的笑容隐去了。

"艾尔大伯可不是说着玩的。"他严肃地说。

"是啊，那还用说。"科林讽刺地回答。他爬到自己床上，钻进了羊毛毯子里面。

"我想，如果我们熄灯后跑出去，营地的幽灵就会抓住我们。"杰伊开着玩笑，把一条毛巾扔到小屋的另一头。

"不，没有幽灵，"拉里轻声说道，"但是沙伯会来抓你们。"他拉开他的抽屉，开始在里面翻找什么东西。

"什么？谁是沙伯？"我问，一下子完全清醒了。

"沙伯是一个东西。"拉里神秘兮兮地回答。

"沙伯是个红眼睛的怪兽，每天夜里吃掉一个营员，"科林讥笑着说，并头朝下看着我，"根本就没有什么沙伯，拉里又在编鬼故事吓唬人呢。"

拉里停止在抽屉里翻找，抬眼看着科林。"不，我没有，"他压低声音坚持道，"我是想让你们避免一些麻烦，并不是要吓唬你们。"

"那么，沙伯到底是什么呢？"我不耐烦地追问。

拉里从抽屉里掏出一件针织运动衫，然后把抽屉关上了。"你们还是不要知道的好。"他回答道。

"快说吧，告诉我们到底是什么东西。"我恳求道。

"他不会说的。"科林说。

"我只能告诉你们一件事：沙伯会把你们的心脏掏出来。"拉里用淡淡的口吻说。

杰伊轻声笑了。"是啊，那还用说。"

"我说正经的呢！"拉里厉声道，"没开玩笑，你们这些家伙！"他把运动衫从脑袋上套下去，"你们不相信我的话吗？那就找一天夜里出去试试，出去跟沙伯照个面，"他挣扎着把胳膊伸进运动衫的袖子，"不过，在你们这么做之前，"他警告说，"给我留一张纸条，写上你们的地址，这样我才能知道把你们的东西寄回到哪里！"

8 失控的球

第二天早晨，我们都玩得很开心。

我们都很早就醒来了。太阳刚刚从地平线上升起来，空气仍然凉飕飕、湿漉漉的。我听见小鸟在啾啾鸣叫。

这声音使我想起了家。我从上铺下来，舒展舒展身体，想起了我的爸爸妈妈，我真想给他们打个电话，跟他们说说营地的事，但这才是第二天呀。第二天就给他们打电话，我会感到很难为情的。

我确实是想家了，但幸好没有时间悲悲戚戚。我们刚穿上干净衣服，就匆匆赶到山坡上的大房子里，那里既是会议室，又是剧场和礼堂。

一间特别大的屋子，中间笔直地摆放着长条桌和长板凳，地板和墙板都是深色的红杉木。在我们的头顶上，红杉木的房梁纵横交错。屋子的窗户很少，我们感觉自己就

像在一个巨大的黑糊糊的山洞里。

盘子、杯子等银制餐具的碰撞声不绝于耳，我们的欢声笑语传到高高的天花板上，在红杉木的墙壁间发出回响。麦克在桌子对面冲我嚷嚷着什么，但是周围太吵了，我根本听不见。

有几个男生在抱怨伙食不好，但我觉得还不错。大块的炒鸡蛋、煎肉片、炸土豆，还有面包，以及大杯的果汁，我在家里从没吃过这么丰盛的早餐。我发现自己确实是饿极了，就狼吞虎咽地吃了起来。

吃过早饭，我们在大房子外面排好队，组成不同的活动小组。太阳已经高高地升上天空，天气肯定会特别炎热，我们兴奋的声音在山坡上回响。大家谈笑风生，情绪饱满。

拉里和另外两个辅导员手里拿着写字板，站在我们面前。他们用手遮在眼睛上，挡住耀眼的阳光，把我们分成几个小组。第一组大约十个男孩，走到河边去进行晨泳。

这些人运气真好，我想。我特别渴望到河边去，看看那条河是什么样子。

我等着自己的名字被叫到，这时，我看见大房子的墙上有一部投币电话。我脑海里又一次想起了我的爸爸妈妈。我过一会儿给他们打个电话，我想。我迫不及待地想跟他们描述这个营地，跟他们说说我的新朋友。

"好了，伙计们，跟我去球场，"拉里吩咐我们，"我们要开展第一场抓球比赛。"

一共大约十二个人，包括我们简易房里的四个男孩，跟着拉里下山朝那片平整的、绿草茵茵的操场走去。

我小跑着跟上拉里。他走起路来似乎总是大步流星，使劲迈着两条大长腿，就好像有什么特别要紧的事。"球赛结束后我们游泳吗?"我问。

他并没有放慢脚步，扫了一眼他的写字板。"游泳，我想是吧，"他回答道，"你们这些男孩需要游游泳，我们肯定会出一身臭汗。"

"你以前玩过抓球吗?"杰伊问我，我们都加快脚步跟上拉里。

"当然玩过，"我回答，"我们在学校里经常玩的。"

拉里在绿茵茵的大操场那头的角上停住脚步，垒和击球手的位置已经标好了。他让我们排好队，再把我们分成两个组。

抓球是一种很容易学会的运动。击球手把球高高地抛向空中，抛得越高越好。然后他必须在对方队员把球接住、将他触杀或让他出局之前飞快地跑垒。

拉里开始报出我们的名字，给我们分组。可是当他报到麦克的名字时，麦克走到拉里面前，小心翼翼地举起缠着绷带的手。"我……我恐怕不能打球了，拉里。"麦克结结巴巴地说。

"来吧，麦克，别哭哭啼啼的。"拉里断然地说。

"可是真的很疼，"麦克坚持道，"一跳一跳地疼得可厉害了，拉里。那疼痛直蹿上来，顺着身体往下蔓延。还有，你看……"他把手举到拉里的面前——"它都肿起来了!"

拉里用写字板轻轻地把麦克的胳膊推开。"去坐在树荫里吧。"他对麦克说。

"我是不是应该弄点药抹在上面?"麦克声音发尖地问。看得出来，这可怜的孩子状况确实很糟糕。

"去坐在那棵树底下，"拉里指着操场边上一簇枝叶繁茂的矮树，命令道，"我们待会儿再谈这件事。"

拉里不再理会麦克，吹响了口哨，比赛开始了。"我在蓝队代替麦克的位置。"他大声说，小跑着进入操场。

比赛一开始，我就把麦克忘到了脑后。我们玩得开心极了，大多数男孩都是很出色的抓球高手，我们玩的速度比我家里那些朋友在游戏场上快得多。

我第一次来到击球手的位置，我把球抛得很高很高。没想到它直接落在了守场员的手里，我被封杀出局。第二次击球时，我跑过了三个垒才被触杀。

拉里的球艺很高。他来到击球手的位置上，把球狠狠地抛了出去，我从没见过有谁抛球抛得这么狠。球越过了守场员的脑袋，就在守场员们去追球的当儿，拉里跑过了所有的垒，他那两条长腿摆动得轻盈自如。

打到第四局的时候，我们蓝队已经十二比六领先了。我们玩得都很投入，热得浑身大汗淋漓，我盼着能到河里去痛痛快快地游个泳。

科林在红队，我注意到他是唯一不喜欢这项运动的队员。他被触杀了两次，而且漏掉了一个很容易接到的球。

我发现科林缺少运动天赋。他那两条长胳膊瘦瘦的，似乎连一点儿肌肉都没有，跑起步来姿势很别扭。

第三局时科林跟我们队的一个队员吵了起来，争论一个投球是否有效。几分钟后，科林又怒气冲冲地跟拉里吵起架来，他认为一个球应该判为出界。

他和拉里互相嚷嚷了几分钟。其实这不算什么大事，不过是体育比赛中常有的争执。最后拉里呵斥科林闭嘴，回到外场去。科林极不情愿地照办了，比赛继续进行。

我没有再去想这件事。我的意思是，这类争吵在球类比赛中屡见不鲜。有些人就喜欢吵架，其程度不亚于他们喜欢比赛本身。

然而，到了下一局比赛的时候，发生了一件奇怪的事，给了我一种特别不好的感觉，使我停下来考虑这究竟是怎么回事。

轮到科林的队击球。科林走到击球手的位置，准备抛球。

拉里打外场。我就站在他旁边，也在场地里。

科林把球抛得很高，但距离并不远。

我和拉里都跑过去接球。

拉里先跑到那儿，在那硬硬的小球第一次触地时就把它接住了，然后扬起胳膊——就在这时，我看见他的表情变了。

我看见他的五官因愤怒而绷紧。我看见他的眼睛眯了起来，棕红色的眉毛专注地紧蹙着。

拉里用力哼了一声，用全身的力气把球抛了出去。

球击中了科林的后脑勺，发出响亮的砰的一声。

科林的镀银太阳镜一下子飞到空中。

科林猛地停住脚步，发出一声短促而凄厉的尖叫。他像中弹一样张开双臂，然后膝盖一软摔倒了。

他面朝下倒在草地上，一动不动。

球在草地上滚远了。

我惊愕地大叫起来。

接着我看见拉里的表情又变了。他不敢相信地睁大了双眼，嘴巴也惊恐地张开了。

"不!"他喊道，"我失手了! 我不是故意用球砸他的!"

我知道拉里在说谎——因为我看见了他投球时脸上愤

怒的表情。

拉里拔腿朝科林跑去，我扑通一下跪倒在操场上。我觉得眩晕，心里又难受又困惑，胃里一阵恶心。

"我失手了！"拉里还在嚷嚷，"不小心失手了。"

骗子，我想，他在撒谎，他是个骗子！

我强迫自己站起来，匆匆跑过去，跟别人一起聚在科林周围。只见拉里跪在科林身边，用两只手轻轻地把科林的脑袋从地面上托起来。

科林的眼睛睁得大大的。他神情恍惚地盯着拉里，嘴里发出微弱的呻吟。

"让开点，"拉里喊道，"让开点，"他低头看着科林，"球失手了，非常抱歉，我失手了。"

科林呻吟着，他的眼珠直往上翻。拉里摘掉科林的红色印花大头巾，用它擦拭着科林的前额。

科林又发出呻吟，他的眼睛闭上了。

"帮我把他抬到大房子去，"拉里吩咐红队的两名队员，"你们其他人换上游泳衣，辅导员会在水边等你们。"

我注视着拉里和另外两个男孩把科林扶起来，抬着他朝那座大房子走去。拉里抓着他的腋下，两个男孩笨手笨脚地抬着他的两条腿。

我胃里恶心的感觉没有消失，我的脑海里不停地闪现拉里把球扔向科林后脑勺时脸上那副愤恨的表情。

我知道他是故意的!

我开始跟踪他们,我也不知道为什么要这样做。我猜我是心里太乱了,头脑不很清楚。

他们快走到山脚下时,我看见麦克赶上了他们。他跟在拉里身边跑着,举着那只红肿的手。

"我也能去吗?"麦克央求道,"必须请人看看我的手。确实挺严重的,拉里,求求你了——我也能去吗?"

"好吧,一起去吧。"我听见拉里干脆地答道。

太好了,我想,终于有人来关注麦克被蛇咬的伤口了。

我不顾汗水顺着额头往下流淌,一直注视着他们爬上山坡,走向那座大房子。

不应该发生这种事情,我想。虽然烈日炎炎,我却突然感到一丝寒意。

有点不对劲,这里肯定有点不对劲。

我怎么也不会想到可怕的事情才刚刚开头呢……

9 食物大战

那天下午，我和杰伊都在给自己的爸爸妈妈写信。我脑海里总是浮现出拉里把球扔向科林后脑勺时脸上那种愤怒的表情，发生的这些事情使我心里感到很不安。

我在信里写了这件事，我还告诉爸爸妈妈这里没有护士，并且说了"禁屋"的事。

杰伊写完了，从他的简易床上抬头看着我。他的皮肤晒得真黑，脑门儿和腮帮子上都红彤彤的。

他挠了挠他的红头发。"伤亡惨重啊。"他说，指了指空荡荡的简易房。

"是啊，"我若有所思地赞同道，"但愿科林和麦克没什么事，"接着我脱口说道，"拉里是故意击中科林的。"

"什么？"杰伊不再挠他的头发，把手放到了床上，"怎么回事？"

"他故意把球扔向科林的脑袋，我看见的。"我声音颤抖地说。我本来没打算告诉别人，但此刻把话说出来我感到很痛快，这使我心里好受一些了。

可是接着我发现杰伊并不相信我的话。"那不可能，"他轻声说，"拉里是我们的辅导员。他不小心失手了，仅此而已。"

我正要跟他争辩，简易房的门开了，科林走了进来，拉里陪在他身边。

"科林！你怎么样了？"我喊了起来，我和杰伊都一跃而起。

"还行。"科林回答，勉强露出一丝笑容。我看不见他的眼睛，它们又被那副镀银的太阳镜遮住了。

"他还是有点站立不稳，但是没问题。"拉里扶着科林的胳膊，轻松地说。

"我看东西有点重影，"科林承认道，"我是说，这小房间在我看来特别拥挤，你们每人都变成了两个。"

我和杰伊短促而不安地笑了几声。

拉里扶着科林躺到杰伊刚才坐的那张下铺上。"过一两天他就会好了。"拉里对我们说。

"是啊，头痛已经减轻了一点。"科林说，他轻轻揉着后脑勺，在床上躺了下来。

"你看医生了吗？"我问。

"噢，只有艾尔大伯，"科林回答，"他看了看，说我没事。"

我怀疑地看了拉里一眼，但他背对着我们，蹲在地上，从放在床底下的行李袋里寻找着什么。

"麦克在哪里？他情况好吗？"杰伊问拉里。

"噢，"拉里头也不回地答道，"他没事。"

"可是他在哪儿呢？"我追问道。

拉里耸了耸肩："大概还在大房子里吧，我也不清楚。"

"那他还回来吗？"我不肯罢休地问。

拉里把行李袋塞进床底下，站了起来。"你们的信写完了吗？"他问，"快点，换衣服准备吃饭，你们可以在大房子把信寄出去。"

他拔腿朝门口走去。"对了，别忘了今晚是'营地之夜'，你们要睡在帐篷里。"

我们都唉声叹气。"可是，拉里，外面太冷了。"杰伊抗议道。

拉里没有理他，转过身去。

"喂，拉里，你有什么东西让我抹在这些晒伤的地方吗？"杰伊追着他问道。

"没有。"拉里说完就出门不见了。

　　我和杰伊搀扶着科林上山来到大房子。他看东西仍然有重影，并且头疼得很厉害。

　　我们三个坐在靠近窗户的一张长桌子的末端。风呼呼地刮进来，让凉爽的空气掠过桌子，吹在我们被晒伤的皮肤上舒服极了。

　　晚饭吃的是一种肉，外加土豆和肉卤。不是很丰盛，但我饿极了，也就无所谓了。科林没有什么胃口，那块灰色的肉，他只吃了一点边边角角。

　　食堂里还是那样闹哄哄的，孩子们隔着长长的餐桌跟朋友们大声说笑。在一张桌上，几个孩子像玩杂耍一样把面包棍抛来抛去。

　　辅导员们还跟平常一样，穿着白短裤和绿T恤，坐在墙角的一张桌上一起吃饭，完全不理睬我们营员。

　　有传言说，吃过饭后我们要学唱所有的营地歌曲。男孩子们都在纷纷抱怨，叫苦不迭。

　　晚饭吃到一半的时候，杰伊和桌子对面一个名叫罗杰的男孩开始胡闹，抢夺一根面包棍。杰伊用力一拽，夺得了面包棍——却把满满一杯葡萄汁洒在了我的棕黄色短裤上。

　　"喂!"我气愤地跳了起来，低头注视着紫色的污渍在我短裤的前面蔓延。

　　"比利出了意外!"罗杰大声喊道，大家都笑了起来。

"是啊，他裤子里面发紫了!"杰伊添了一句。

每个人都觉得这简直太滑稽了，有人朝我扔了一根面包棍，面包从我胸口弹出去，落在我的晚餐盘子里。又是一阵哄笑。

食物大战只持续了几分钟，就有两个辅导员过来干预了，我决定赶紧跑回简易房把短裤换掉。我急急忙忙跑出来时，还听见杰伊和罗杰在大声地取笑我。

我以最快的速度跑下山坡，跑向简易房，我还想赶回食堂来吃甜食呢。

我用肩膀推开简易房的门，冲向小屋那头的柜子，拉开我的抽屉。

"什么?"

我惊讶地盯着空空的抽屉，里面的东西都不见了。

"这是怎么回事?"我大声叫道，"我的东西呢?"

我迷惑不解地后退一步——才发现我开错了抽屉。那不是我的抽屉。

那是麦克的抽屉!

我盯着空空的抽屉看了很久。

麦克的衣服都被拿走了。我转身去找他的箱子，那箱子本来是竖着放在我们的床铺后面的。

麦克的箱子也不见了。

麦克再也不会回来了。

我心里乱极了，没有换短裤就赶紧跑回了食堂。

我呼哧呼哧地喘着粗气，走向辅导员的桌子，来到拉里身后。他正在跟旁边一位辅导员说话，那是一个大胖子，一头浅黄色的长发乱蓬蓬的。"拉里——麦克走了！"我上气不接下气地大声说。

拉里没有转过身来。他还在跟那个辅导员说话，就好像我压根儿不存在似的。

我抓住拉里的肩膀。"拉里——听我说！"我喊道，"麦克——他走了！"

拉里慢慢转过身来，表情很烦躁。"回你自己的桌子去，比利，"他没好气地说，"这张桌子前只有辅导员才能坐。"

"那麦克怎么办呢？"我扯着嗓子追问，"他的东西都不见了，他出了什么事？他好吗？"

"我怎么知道？"拉里不耐烦地回答。

"他们把他送回家了吗？"我问，我不肯退缩，好像非要弄个水落石出才罢休。

"是啊，大概是吧！"拉里耸耸肩，垂下目光，"你把什么东西洒在短裤上了。"

我的心跳得像打鼓一样，我感觉到太阳穴上的血管突突直跳。"你真的不知道麦克出了什么事吗？"我问，觉得十分泄气。

拉里摇了摇头。"我认为他肯定没事。"他答道，又转回去跟他的朋友们说话了。

"他大概去游泳了。"他旁边那个头发乱蓬蓬的家伙轻声笑着说。

拉里和另外几个辅导员也笑了起来。

我并不认为这有什么可笑的。我觉得心里很难受，还有点害怕。

难道这个营地的辅导员不关心我们的遭遇吗？我闷闷不乐地问自己。

我走回到桌子旁。他们正在分发作为甜食的巧克力布丁，但我却一下子没有了食欲。

我跟科林、杰伊和罗杰说了麦克的抽屉被清空的事，还说了拉里假装对此事一无所知。他们都不像我这样感到不安。

"大概艾尔大伯不得不把麦克送回家去了，因为他的手受伤了，"科林轻声说，用勺子舀起他的布丁，"肿得可真够厉害的。"

"可是拉里为什么不跟我说实话呢？"我问，感觉肚子里沉甸甸的，好像晚饭吃了一块大石头似的，"他为什么说不知道麦克出了什么事呢？"

"辅导员不愿意谈论坏事，"杰伊说，用勺子拍打着他的布丁，"担心这会让我们这些可怜的小屁孩做噩梦。"

他舀起满满一勺布丁，把勺子柄往后一翘，一团黑糊糊的布丁就射到了罗杰的脑门儿上。

"杰伊——你死定了！"罗杰大喊一声，把勺子插进黏糊糊的巧克力布丁。他把一团布丁射到了杰伊无袖T恤的前襟上。

布丁大战打响了，战火蔓延到整个长长的餐桌。

再也没有人谈到麦克。

吃过晚饭，艾尔大伯说起了"帐篷之夜"，说我们晚上睡在帐篷里的感觉将会多么美妙。"只要保持安静，大熊就不会发现你们！"他开玩笑说。瞧这玩笑开的！

然后他和辅导员就教我们唱营地歌曲。艾尔大伯让我们唱了一遍又一遍，直到我们都学会了为止。

我不太喜欢唱歌，但是杰伊和罗杰开始给歌曲配上特别下流的歌词。很快，我们这伙人都加入进来，扯开了嗓门大唱我们改编过的版本。

后来，我们都下山朝我们的帐篷走去。这是一个清爽的、凉飕飕的夜晚，黛紫色的天空上点缀着一些白色的星星。

我扶着科林下山。他看东西仍然有重影，身体非常虚弱。

杰伊和罗杰走在我们前面几步远的地方，用肩膀互相顶撞，一会儿往左顶，一会儿往右顶。

突然，杰伊回头望着我和科林。"就定在今晚吧。"他轻声说，脸上绽开一个坏坏的笑容。

"什么？什么定在今晚？"我问。

"嘘！"他竖起一根手指放在嘴上，"等大家都睡着了，我和罗杰要去调查一下'禁屋'，"他转向科林，"你跟我们一起去吗？"

科林沮丧地摇摇头。"我恐怕是去不了啦，杰伊。"

杰伊在我们前面后退着走，用眼睛死死地盯着我："你呢，比利，你去不去？"

10 祝你们好运

"我……我还是留下来陪科林吧。"我对他说。

我听见罗杰嘟囔着说我是个胆小鬼,杰伊显得很失望。"你会错过机会的。"他说。

"没关系,我有点儿累了。"我说,这是实话。在这漫长的一天之后,我觉得非常疲倦,浑身每块肌肉都很酸痛,连头发都在痛!

在返回帐篷的路上,杰伊和罗杰一直在小声讨论他们的计划。

到了山脚下,我停下脚步望着上面的"禁屋"。在苍白的星光下,那小屋似乎朝我探过身来。我用耳朵捕捉着那似乎是从"禁屋"里传来的熟悉的嗥叫,但是今晚只有死一般的沉寂。

简易房前的空地上排列着一些大大的塑料帐篷。我爬进我们的帐篷，躺在我的睡袋上面。地面硬极了，我知道这个夜晚肯定很难熬。

杰伊和科林在帐篷那头摆弄他们的睡袋。"麦克不在，感觉真怪怪的。"我说，不由地感到一阵寒意。

"现在你有更多的地方放你的东西了。"杰伊漫不经心地回答。他弓着身子靠在帐篷壁上坐着，帐篷的门开了一道几英寸的缝，他透过门缝望着外面的黑夜。

看不见拉里的踪影，科林安安静静地坐在那里，他还是感觉不太舒服。

我调整了一下身体的重心，摊开四肢，想找到一个舒服的姿势。我真的很想睡觉，但我知道，在杰伊和罗杰探险回来之前，我是不可能睡着的。

时间过得很慢。外面真冷啊，帐篷里的空气沉甸甸、湿漉漉的。

我抬眼望着黑色塑料帐篷的四壁。一只小虫子爬过我的额头，我用手把它捏死了。

我听见杰伊和科林在我身后窃窃私语，但我听不清他们在说什么，杰伊发出紧张不安的轻笑声。

我肯定是打了个盹儿。一阵持续不断的低语声把我惊醒，我过了一会儿才意识到帐篷外面有人在悄声说话。

我抬起头，看见罗杰把脸探了进来。我大吃一惊，直起身子。

"祝我们好运。"杰伊小声说。

"祝你们好运。"我轻声道，因为没有完全清醒，声音有些发闷。

在黑暗中，我看见杰伊黑糊糊的大块头身影迅速爬到帐篷门口。他把门推开，露出一方黛紫色的天空，然后就融进了夜色之中。

我打了个哆嗦。"我们偷偷溜回简易房吧，"我小声对科林说，"这外面太冷了，而且地面硬得像石头一样。"

科林同意了。我们俩爬出帐篷，悄无声息地朝我们温暖、舒适的简易房走去。到了房间里，我们径直奔到窗口，想看到杰伊和罗杰。

"他们会被抓住的，"我压低声音说，"肯定会被抓住的。"

"不会被抓住的，"科林不同意我的话，"但他们也不会看见什么。那上面什么也没有，就是一座无聊的小屋。"

我把脑袋伸出窗口，听见杰伊和罗杰在黑暗中的什么地方咯咯地轻笑。营地里一片寂静，寂静得有些诡秘。我能听见他们的窃窃低语声，以及他们的腿擦过高高的野草的沙沙声。

"他们应该小点儿声，"科林靠在窗框上嘟囔道，"发出的声音太响了。"

"这会儿肯定已经上山了。"我轻声说。我把脑袋尽量往外伸，但还是看不见他们。

科林刚想回答，但第一声尖叫使他闭上了嘴巴。

那是一声恐惧的尖叫，叫声划破了寂静的夜空。

"哦!"我喊了一声，把脑袋缩了进来。

"是杰伊还是罗杰?"科林问，他的声音在颤抖。

第二声尖叫比第一声还要恐怖。

没等叫声平息，我就听见了野兽的咆哮。响亮，愤怒，像霹雳一样炸响。

接着我听见杰伊绝望的哀求："救命! 来人……救救我们!"

我的心在胸腔里怦怦地狂跳。我奔到简易房门口，拉开房门，恐怖的尖叫声仍然在我耳边回荡。我一头冲进了黑暗中，沾满露水的地面浸湿了我赤裸的双脚。

"杰伊，你在哪儿?"我听见自己在呼喊，但我的声音凄厉、惊恐，连我自己都听不出来了。

接着我看见一个黑影朝我奔来，弯着身子，张开双臂。

"杰伊!"我喊道。"怎么……怎么回事? 出什么事了?"

他跑到我跟前，仍然弯着身子，脸恐惧地扭曲着，眼睛睁得大大的，一眨不眨，乱蓬蓬的头发似乎根根竖立。

"它……它抓住了罗杰。"他呜咽着说，一边挣扎着直

起身子，胸脯剧烈地起伏着。

"什么东西？"我问。

"是什么呀？"站在我身后的科林也问。

"我……我不知道！"杰伊结结巴巴地说，紧紧地闭上了眼睛，"它……它把罗杰撕成了碎片。"

杰伊发出大声的啜泣，然后睁开眼睛，惊恐地转过身去。"它来了！"他尖叫着说，"它来追我们了！"

11 别让它抓住我

在白色的星光下，我看见杰伊的眼珠直往上翻。他膝盖一软，眼看就要瘫倒在地。

我在他倒地前抓住了他，把他拖进了小屋。科林在我们身后把门关上了。

到了屋里，杰伊慢慢恢复了过来。我们三个人都僵立在原地，侧耳倾听外面的动静。我仍然抓着杰伊剧烈颤抖的肩膀。他的脸色白得像床单一样，呼吸短促，不时发出惊恐的呻吟。

我们侧耳倾听。

寂静。

空气闷热而凝固。

什么动静也没有。

没有脚步声，没有野兽逼近的声音。

只有杰伊惊恐的呻吟，只有我的心在怦怦狂跳。

接着，在远处的某个地方，我听见了嚎叫声。起初这声音微弱低沉，然后在风中越来越响。这嚎叫声使我全身发冷，使我失声惊叫。

"是沙伯！"

"别让它抓住我！"杰伊尖叫道，用双手捂住了脸，他扑通跪倒在小房间的地上，"别让它抓住我！"

我抬眼望着科林，他避开窗户，缩在墙边。"我们必须去叫拉里，"我终于说出话来，"我们必须去找人帮忙。"

"怎么做呢？"科林用颤抖的声音问道。

"别让它抓住我！"杰伊又说了一遍，便瘫倒在地上。

"它没往这儿来，"我对他说，努力让自己的声音听上去很有把握，努力让他感到放心，"我们只要待在简易房里就没事，杰伊，它没往这儿来。"

"可是它抓住了罗杰，然后……"杰伊说不下去了。他整个身体都在惊恐地打着哆嗦，缩成一团。

想到罗杰，我内心感到一阵恐惧。

这难道是真的吗？罗杰真的受到某种野兽的攻击？他真的被撕成碎片了？

我确实听见从山坡上传来的喊叫声，两声令人毛骨悚然的惊叫。

那叫声是那么巨大，那么可怕。营地里其他人有没有听见？其他孩子有没有听见罗杰的惨叫？辅导员听见了没有？

我一动不动地呆立着，侧耳倾听。

寂静。微风吹动树叶，发出沙沙的声音。

没有人声，没有惊慌的叫喊，没有慌乱的脚步声。

我转脸朝另外两个人望去，科林已经扶着杰伊走到床边。"拉里会在哪儿呢？"科林问道。他的眼睛第一次没有藏在镀银的太阳镜后面，里面透出极度的恐惧。

"大家都会在哪儿呢？"我问，我把双臂交叉抱在胸前，开始在小床之间狭窄的空隙里踱来踱去，"外面一点儿声音也没有。"

我看见杰伊的眼睛惊恐地睁得老大，他死死地瞪着敞开的窗户。"那个怪物——"他喊道，"它来了！它从窗户爬进来了！"

12 人间蒸发

我们三个惊恐地盯着敞开的窗户。

但是没有怪物跳进来。

我呆呆地站在小屋中央，眼睛盯着窗户，只看见漆黑的夜色和一些白色的星星。

在外面的树丛里，蟋蟀开始发出刺耳的鸣叫，除此之外没有别的声音。

可怜的杰伊太害怕、太紧张了，他眼前出现了幻觉。

我和科林好不容易让他平静了一点。我们让他脱掉运动服，躺在下铺上，然后给他盖上三条毯子，好让他别再哆嗦。

我和科林想跑去找人帮忙，但是我们害怕极了，不敢出去。

我们三个人一夜都没睡，拉里也一直没有回来。

除了蟋蟀的叫声和风吹过树林的沙沙声，营地里一片寂静。

我猜我可能是在天亮前终于打了个盹儿。我做了一些奇怪的噩梦，梦见着火了，人们都在拼命逃跑。

科林拼命摇晃我，把我叫醒了。"吃早饭，"他声音沙哑地说，"快，我们已经晚了。"

我迷迷瞪瞪地坐了起来。"拉里呢?"

"他一直没露面。"科林指指拉里没有动过的床铺回答。

"我们必须找到他! 我们必须把发生的事情告诉他!"杰伊喊道，他敞着运动服就朝小屋门口冲去。

我和科林跌跌撞撞地追了上去，我们俩都还没有完全睡醒。这是一个凉爽的、灰蒙蒙的早晨，太阳正努力从白色的云团中探出脸庞。

我们三个在通往食堂的半山腰上停住脚步，我们强迫自己用目光搜索着"禁屋"周围的地面。

我不知道我期望看到什么，但是并没有罗杰的影子。

没有任何搏斗的迹象，地面上没有凝固的血迹，高高的野草没有被压弯或踏平。

"真奇怪，"我听见杰伊摇着脑袋嘟囔，"太奇怪了。"

我拉着他的胳膊催他快走，我们急匆匆地赶到了大房子。

食堂里还是那样闹哄哄的，孩子们都在大声地互相说笑。一切看上去都那么正常，我猜想还没有人宣布罗杰的事情。

有几个孩子大声招呼我和科林，但我们没有理睬，继续在桌子之间的过道里穿行，寻找罗杰。

没有他的影子。

我胃里有一种沉甸甸的、恶心的感觉，我们匆匆来到墙角辅导员的桌子旁。

我们三个走到拉里跟前，他从一大盘炒鸡蛋和咸肉上抬起目光。

"罗杰怎么样了?"

"他还好吗?"

"你昨晚到哪儿去了?"

"我和罗杰遭到了攻击。"

"我们不敢去找你。"

我们三个同时向拉里提出问题。

他一脸的困惑，抬起两只手让我们安静。"哎呀，"他说，"先别着急吧，伙计们，你们在说些什么呀?"

"关于罗杰!"杰伊嚷道，他的脸涨得通红，"那个怪兽……朝他扑了过去，然后……然后……"

拉里看了一眼桌旁的其他辅导员，他们也像他一样满脸迷惑。"怪兽? 什么怪兽?"拉里问道。

"怪兽攻击了罗杰!"杰伊叫道,"随即它又来追我……"

拉里抬头看着杰伊。"有人遭到攻击?我不这样认为,杰伊,"他转向旁边的那位辅导员,一个名叫德里克的矮矮胖胖的小伙子,"你听见你们那片地方有什么动静吗?"

德里克摇了摇头。

"罗杰不是在你们那个组吗?"拉里问德里克。

德里克摇了摇头:"不在我的组里。"

"可是罗杰……"杰伊不肯罢休。

"我们没有得到有人遭到攻击的报告,"拉里打断了他的话,"如果某位营员被熊或什么东西攻击了,我们会听说的。"

"我们会听到声音的,"德里克说,"比如,尖叫声什么的。"

"我听见了尖叫声。"我说。

"我们俩都听见了尖叫声,"科林迅速补充道,"然后杰伊就跑了回来,嚷嚷着喊救命。"

"可是,为什么别人没有听见呢?"拉里问道,把目光转向了杰伊。他的表情变了,"这事发生在什么地方?什么时候?"他怀疑地问。

杰伊的脸色一暗,变成了深红色。"在熄灯之后,"

他坦白道，"我和罗杰到山上的'禁屋'去，结果……"

"你能肯定那不是一只熊吗？"德里克插进来说，"昨天下午有人在下游看见了几只熊。"

"是一头怪兽！"杰伊气愤地嚷了起来。

"你们不应该出去的。"拉里摇着头说。

"你为什么不肯听我说话？"杰伊喊道，"罗杰遭到了攻击。那个大家伙扑到他身上，把他……"

"我们应该听见动静的。"德里克平静地说，看了拉里一眼。

"是啊，"拉里表示赞同，"当时辅导员都在这大房子里，没有睡觉，我们肯定会听见喊叫声的。"

"可是，拉里——你必须去调查清楚！"我大声道，"杰伊不是胡编乱造，事情真的发生了！"

"好吧，好吧，"拉里回答，举起双手，似乎表示投降，"我去问问艾尔大伯，行吗？"

"快点，"杰伊坚持道，"求你了！"

"我吃过早饭再去问艾尔大伯，"拉里说完，又转向了他的鸡蛋和咸肉，"待会儿晨泳的时候再见。我会把艾尔大伯的话告诉你们。"

"可是，拉里……"杰伊恳求道。

"我会去问艾尔大伯的，"拉里坚决地说，"如果昨夜真的出事了，他会知道的。"他把一块咸肉送到嘴边咬了一口，"我认为你只是做了个噩梦什么的，"他怀疑地看着杰伊，又说道，"但我会把艾尔大伯的话转告给你。"

"不是噩梦！"杰伊尖声嚷了起来。拉里背对着我们，继续吃他的早饭。

"你不关心吗？"杰伊冲他嚷道，"难道你不关心我们的遭遇吗？"

我看见许多孩子都停下了吃早饭的动作，呆呆地望着我们。我把杰伊拉开，想拖他去我们的桌子，但是他坚持要把整个食堂再搜寻一遍。"我知道罗杰不在这儿，"他不肯罢休地说，"他……他不可能在这儿！"

我们三个第二次在桌子间的过道里走来走去，仔细打量着每一张脸。

有一点是可以肯定的：根本就没有罗杰的影子！

我们来到河边参加晨泳时，太阳从云堆里射出了光芒。空气仍然很凉爽，在白得耀眼的阳光下，河畔枝繁叶茂的灌木丛闪着耀眼的光泽。

我把毛巾扔到一棵灌木底下，转身面对缓缓流淌的清凌凌的河水。"我敢说今天早晨很冷。"我对科林说，科林正在解游泳裤的带子。

"我只想回简易房去睡一觉。"科林一边解开一个结，一边说道。他看东西不再有重影了，只是因为一夜没睡，觉得很疲倦。

几个男孩已经蹚水下河了。他们抱怨着水太凉，用水泼溅对方，互相推推搡搡地往前走。

"拉里在哪里?"杰伊气喘吁吁地问，在灌木丛中艰难地朝我们走来。他赤褐色的头发乱糟糟的，一半都在脑袋上支棱着。他的双眼充血，里面布满了血丝。

"拉里在哪里? 他答应要来这里的。"杰伊一边说，一边焦急地在河边寻找着。

"我在这儿。"我们三个立刻转过身，看见拉里从我们身后的灌木丛中出现了，他穿着松松垮垮的绿色月夜营游泳裤。

"怎么样?"杰伊问道，"艾尔大伯怎么说，关于罗杰?"

拉里的表情很严肃，他死死地盯着杰伊的眼睛。"我和艾尔大伯到'禁屋'周围看过了，"他对杰伊说，"那里没有发生过什么攻击，那是不可能的事。"

"可是……它抓住了罗杰，"杰伊尖叫道，"它袭击了罗杰，我看见的!"

拉里摇摇头，眼睛仍然火辣辣地盯着杰伊。"那是另一回事，"他轻声说，"我和艾尔大伯到办公室去查看了所有的记录，杰伊。今年这里没有名叫罗杰的营员，没有姓罗杰的，也没有叫罗杰的。没有罗杰，根本就没有罗杰这个人!"

13 古怪的恶作剧

杰伊吃惊得张大了嘴巴，低声倒吸了一口冷气。

我们三个人不敢相信地瞪着拉里，努力去理解这个惊人的消息。

"肯定有人弄错了，"杰伊最后说道，激动得声音都发抖了，"我们在食堂里找他，拉里，他不见了。罗杰不在这里。"

"他从来就不在这里。"拉里不带任何感情地说。

"我……我根本就不相信！"杰伊嚷道。

"去游个泳怎么样，孩子们？"拉里指指河水，说道。

"那么，你是怎么想的？"我追问拉里，我无法相信他竟然这样若无其事，"你对昨夜发生的事情是怎么想的？"

拉里耸了耸肩。"我不知道该怎么想，"他回答道，眼睛望着一群离河岸最远的游泳者，"也许你们这些男孩想给我搞一个古怪的恶作剧。"

"什么？你是这么认为的?"杰伊喊了起来，"你竟然认为那是个恶作剧!"

拉里又耸了耸肩。"现在是游泳时间，孩子们。活动活动，好吗?"

杰伊还想再说什么，但拉里迅速转过身，跑进了碧绿的河水中。他离开河岸，在水里跑了四五步，然后一个猛子扎进去，有力地划了几下，很快就在水中蹿出老远。

"我不下水了，"杰伊气呼呼地坚持道，"我要回简易房去。"他的脸涨得通红，下巴在颤抖。我看出他快要哭了，他转过身，在灌木丛中飞跑起来，让毛巾在地上拖着。

"喂，等等!"科林跑去追他。

我站在那里，不知道该怎么办。我不想跟着杰伊回简易房，我在那里并不能为他做什么。

也许在冷水里游个泳会使我感觉好一些，我想。

也许什么都不能使我感觉好一些，我闷闷不乐地对自己说。

我望着水里的其他男孩子，拉里和另一个辅导员在组织比赛，我听见他们在讨论应该采用什么样的泳姿。

他们似乎都玩得很开心，我注视着他们排成一行，心里想道。

为什么我不能开心呢？

为什么我来到这里之后一直这样恐惧和不愉快呢？为什么其他营员没有看出这地方有多么古怪、多么恐怖呢？

我摇摇头，不能回答我自己的问题。

我需要游个泳，我决定了。

我朝河边走了一步。

可是有人从灌木丛中蹿出来，粗暴地从后面抓住了我。

我大声尖叫表示抗议。

可是偷袭我的人迅速用一只手捂住了我的嘴，让我发不出声音。

14 舞台道具

我想挣脱，但我是在毫无防备的情况下被抓住的。

那双手擒住了我，我失去了平衡，被拖进了灌木丛中。

难道是有人在搞恶作剧吗？到底是怎么回事？我心里纳闷。

突然，就在我拼命挣扎时，那双手把我放开了。

我头朝前摔进了茂密的绿叶丛中。

我花了好长时间才爬了起来。我转过身，面对着偷袭我的人。

"道恩！"我喊了起来。

"嘘！"她跳上前来，又用一只手捂住我的嘴巴。"快蹲下来，"她焦急地轻声说，"别让他们看见你。"

我顺从地猫下腰，躲在低矮的灌木丛后。她又一次放开我，退到后面。她穿着一件蓝色的单件游泳衣，游泳衣湿漉漉的，她金黄色的头发也是湿的，水流淌下来，滴在她赤裸的肩膀上。

"道恩，你在这里做什么？"我双膝跪下，轻声问道。

道恩还没来得及回答，灌木丛中又迅速闪出另一个穿游泳衣的身影，她同样也把身体弯得低低的，是道恩的朋友多丽。

"我们是游过来的。今天一早，"多丽压低声音说，一边紧张地捋了捋卷曲的红发，"我们躲在灌木丛里，在这里等着。"

"但这是不允许的，"我说，无法掩饰自己的迷惑，"如果被人抓住……"

"我们必须找你谈谈。"道恩打断我的话，她抬起脑袋，从灌木丛顶部向外望了望，又赶紧把身子缩了回来。

"我们决定冒险试试。"多丽跟着说道。

"出……出什么事了？"我结结巴巴地问。一只红黑相间的虫子爬到我的肩膀上，我把它掸掉了。

"女生营地，简直是个噩梦。"多丽轻声说。

"大家都不管它叫'月夜营'，而管它叫'噩梦营'，"道恩附和着说，"奇怪的事情不断发生。"

"什么？"我吃惊地瞪着她，在离我们不远的河水中，可以听见游泳比赛开始的叫喊声和水花的泼溅声，"什么奇怪的事情？"

"令人恐怖的事情。"多丽回答，她的表情非常严肃。

"好几个女生失踪了，"道恩对我说，"莫名其妙地就不见了踪影。"

"而且似乎谁都不在意。"多丽用颤抖的微弱声音补充道。

"真不敢相信！"我忍不住说道，"在男生营地，这里也发生了同样的事情，"我使劲咽了口唾沫，"还记得麦克吗？"

两个女孩都点点头。

"麦克失踪了，"我告诉她们，"他们拿走了他的东西，他从此就不见了。"

"真是不可思议，"多丽说，"我们营地有三个女生消失了。"

"他们宣布说一个女生遭到一只大熊的攻击。"道恩轻声说。

"另外两个呢？"我问。

"莫名其妙地失踪了。"道恩回答，声音有些哽咽。

我听见水面上传来吹哨声。比赛结束了，他们正在组织下一场比赛。

太阳又躲到白色的云堆里不见了，我们的影子拖得很长，颜色也更黑了。

我三言两语地把罗杰、杰伊以及他们在"禁屋"遭遇怪兽的事情告诉了她们，她们目瞪口呆地听着。"跟我们的营地完全一样。"道恩说。

"我们必须采取措施。"多丽激动地说。

"我们必须联合起来。男生和女生，"道恩轻声说，又越过茂密的树叶朝外看了看，"我们必须制订一个计划。"

"你是说逃跑?"我问，没有完全听懂她的意思。

两个女孩点点头。"我们不能留在这儿，"道恩一脸严肃地说，"每天都有一个女生失踪，辅导员都装做什么事也没有的样子。"

"我认为他们是想看着我们都被弄死。"多丽情绪激动地说。

"你们给爸爸妈妈写信了吗?"我问。

"每天都写，"多丽回答，"但从来没有收到回信。"

我突然意识到，我也没有收到爸爸妈妈的任何邮件，他们都答应每天给我写信的。我在营地已经待了将近一个星期，却连一封邮件都没有收到。

"下星期有'拜访日'，"我说，"爸爸妈妈会来这儿，我们可以把事情全都告诉他们。"

"那可能就太晚了。"道恩神色凝重地说。

"大家都吓坏了!"多丽说道，"我已经两个晚上没有睡觉了，每天夜里我都听见外面传来可怕的尖叫声。"

口哨又吹响了，这次离河岸较近。我听见游泳者返回

的声音，晨泳结束了。

"我……我不知道该说什么，"我对她们说，"你们必须多加留神，千万别被抓住。"

"等大家都离开后，我们就游回女生营地，"道恩说，"但是我们必须再次碰头，比利。我们必须把更多的人召集到一起，你知道的。如果我们大家都组织起来，说不定就……"她的声音低下去了。

"这个营地正在发生一些糟糕的事，"多丽眯起眼睛，哆嗦了一下，说道，"一些邪恶的事情。"

"我……我知道。"我赞同道，现在已经能听见晨泳归来的男生们的说话声了，就在近旁。就在茂密的灌木丛的另一边，"我得走了。"

"我们争取后天在这里碰头，"道恩小声说，"小心点儿，比利。"

"你们也小心，"我压低声音说，"别被人抓住。"

她们悄悄后退，钻进了灌木丛。

我猫着腰离开了岸边。走过灌木丛之后，我直起身来，开始奔跑。我迫不及待地想把女生们说的情况告诉科林和杰伊。

我既害怕又兴奋。我想，杰伊知道了河对岸的女生营地也在发生同样可怕的事情，他可能会觉得心里好受一些。

在返回简易房的半路，我有了一个主意。我停下脚步，转身朝大房子走去。

我突然想起在大房子的外墙上看见过一部投币电话。有人告诉过我，那是唯一一部允许营员们使用的电话。

我要给爸爸妈妈打电话，我决定了。

为什么我没有早点儿想到呢？

我想，我可以给爸爸妈妈打电话，把一切都告诉他们。我可以叫他们来接我，他们还可以把杰伊、科林、道恩和多丽一起接走。

在我身后，我看见我们组的人正朝抓球场走去，肩头挂着他们的游泳毛巾，不知道有没有人注意到我不在。

杰伊和科林也不在，我对自己说，拉里和其他人大概以为我跟他们在一起呢。

我注视着他们三三两两地走过高高的茅草地，然后我转过身，开始往山上的大房子跑去。

想到要给家里打电话，我的心情轻松了不少。

我迫不及待地想听到爸爸妈妈的声音，迫不及待地想告诉他们这里发生的奇奇怪怪的事情。

他们会相信我的话吗？

当然会的，我爸爸妈妈总是很相信我，因为他们信任我。

往山上跑的时候，我看见了大白房子外墙上的那部黑色的收费电话。我开始以最快的速度奔跑，我真想一步飞到电话机前。

但愿爸爸妈妈在家，我想。

他们必须在家。

跑到墙边时，我呼哧呼哧地喘着粗气。我用两只手按住膝盖，俯身歇了一会儿，让自己把气喘匀。

然后我直起身来去拿话筒。

我猛地倒吸了一口冷气。

投币电话竟然是塑料的，只不过是一个舞台道具！

假的。

一层薄薄的塑料壳，用钉子固定在墙上，使它看起来像一部电话。

不是真的，是个假货。

他们不想让我们往外打电话，我想，顿时全身一阵发冷。

我失望极了，心怦怦狂跳，脑袋直发晕。我转身离开墙壁——却一下子撞进了艾尔大伯怀里。

15 没有寄出的信

"比利，你在这里做什么?"艾尔大伯问，他穿着宽松的绿色营地短裤和一件白色无袖T恤，露出粗壮的粉红色胳膊，他拿着一个夹满了纸的褐色写字板，"你应该在哪里?"

"我……嗯……我想打个电话。"我结结巴巴地说，往后退了一步，"我想给爸爸妈妈打个电话。"

他怀疑地打量着我，用手指捻着他的黄色小胡子。"真的?"

"是啊，跟他们问声好，"我对他说，"可是电话……"

艾尔大伯循着我的视线，看着那部塑料电话。他轻声笑了。"有人开玩笑把它安在这里，"他笑眯眯地看着我说，"你上当了?"

"是啊，"我承认道，觉得脸上火辣辣的，我抬起头望着他，"真的电话在哪里?"

他脸上的笑容隐去了，表情变得很严肃。"没有电话，"他严厉地说道，"营员不许往外打电话。这是规定，比利。"

"哦。"我不知道该说什么。

"你真的想家了吗?"艾尔大伯轻声问道。

我点点头。

"我说，去给爸爸妈妈写一封长信吧，"他说，"这会使你心里好受些。"

"好吧。"我并不认为这会使我的心情好转，但我想赶紧离开艾尔大伯。

他举起写字板，凝神看着。"你现在应该在哪里?"他问。

"大概是在玩抓球吧，"我回答，"我感觉不太舒服，所以就……"

"你什么时候坐小划子?"他没有听我说话，只管问道。他翻着写字板上的纸页，迅速浏览着。

"坐小划子?"我从没听说过要坐小划子。

"明天，"他自问自答，"你们组是明天，你兴奋吗?"他垂下眼睛望着我。

"我……我根本不知道这件事。"我实话实说。

"好玩极了!"他兴致勃勃地大声说道，"小河从这里看没什么了不起，但是在下游几英里的地方真是令人振奋，你会发现自己置身在一些惊险的激流中。"

他捏了捏我的肩膀。"你会喜欢的，"他笑眯眯地说，"每个人都喜欢坐小划子。"

"太棒了。"我说。我想让自己显得兴奋一点，但我的声音却那么平淡而犹疑。

艾尔大伯举起写字板朝我挥了挥，便迈着大步朝大房子正面走去。我站在那里注视着他，直到他拐过大房子的墙角不见了，然后我开始下山，往简易房走去。

我发现科林和杰伊在小房子旁的草地上。科林脱掉了衬衫，分开双腿，仰面躺在地上，两只手枕在脑后。杰伊双腿交叉坐在他旁边，局促不安地揪起一根根细长的野草，再把它们扔掉。

"进屋吧。"我一边对他们说，一边朝周围张望了一下，确保没有别人听见。

他们跟着我走进小房间，我关上了门。

"什么事？"科林问，一屁股坐在一张下铺的床上。他拿起他的红色头巾，在手里拧来拧去。

我跟他们说了道恩和多丽，以及她们告诉我的女生营地的事。

科林和杰伊的反应都很震惊。

"她们真的游过来等着你？"杰伊问。

我点点头。"她们认为我们必须组织起来，或者逃跑什么的。"我说。

　　"如果她们被抓住，麻烦可就大了。"杰伊若有所思地说。

　　"我们都有很大的麻烦，"我对他说，"我们必须逃出去！"

　　"'拜访日'在下个星期。"科林低声嘟囔。

　　"我现在就给爸爸妈妈写信，"我说，一边从床底下拉出我装纸和笔的匣子，"我要告诉他们，我必须在'拜访日'那天回家。"

　　"我也要回家。"杰伊说，他不安地用手指敲打着小床的床架。

　　"我也要，"科林表示赞同，"这里实在太……太怪异了！"

　　我抽出两张纸，坐在床上，准备写信。"道恩和多丽真的是被吓坏了。"我对他们说。

　　"我也是。"杰伊承认道。

　　我开始写信了。我写道："亲爱的爸爸妈妈，快来救救我！"然后我停住笔，抬眼望着小房间那边的杰伊和科林。"你们知道明天要坐小划子航行吗？"我问。

　　他们呆呆地望着我，表情很惊讶。

　　"哇！"科林喊道，"今天下午徒步旅行三英里，明天还要坐小划子?"

这次轮到我惊讶了:"徒步旅行?什么徒步旅行?"

"你不参加吗?"杰伊问。

"你认识那个特别高的辅导员吗?叫弗兰克的、戴黄帽子的那个?"科林问道,"他告诉我和杰伊吃过午饭要徒步旅行三英里。"

"没有人告诉我。"我咬着钢笔回答。

"可能你不在徒步旅行的组里。"杰伊说。

"你吃午饭的时候最好问问弗兰克,"科林建议道,"他也许当时找不到你,你大概也应该去的。"

我叹了口气:"这么热的天,谁愿意徒步旅行三英里呀?"

科林和杰伊都耸了耸肩。

"弗兰克说我们都会特别喜欢的。"科林对我说,一边把红色的头巾打上结又解开。

"我只想赶紧离开这里。"说完,我继续写信。

我写得很快,很专心。我想把这里发生的所有奇怪和恐怖的事情都告诉爸爸妈妈,我想让他们明白我为什么不能在月夜营里再待下去了。

我写了将近一页半纸,正写到杰伊和罗杰出门到"禁屋"探险那一段,突然拉里推门进来了。"你们今天放假了吗?"他挨个儿打量着我们,问道,"你们是来度假的还是怎么着?"

"我们稍微歇会儿。"杰伊回答。

我把信折起来,准备塞在我的枕头底下,我不想让拉里看见。我发现我一点儿也不信任拉里,我没有理由信任他。

"你在做什么,比利?"他怀疑地问,目光停在我正往枕头底下塞的那封信上。

"我在给家里写信。"我轻声回答。

"你是想家了还是怎么着?"他问,脸上露出戏谑的笑容。

"大概是吧。"我嘟囔道。

"好了,该吃午饭了,伙计们,"他大声说,"我们抓紧吧,好吗?"

我们都从床上爬了下来。

"我听说杰伊和科林今天下午要跟弗兰克去徒步旅行,"拉里说,"真是够幸运的。"他转身朝门外走去。

"拉里!"我叫住他,"喂,拉里——我怎么办呢?我是不是也应该去徒步旅行?"

"今天不用。"他大声回答。

"为什么呢?"我说。

可是拉里已经出门不见了。

我转向我的两位同屋。"真是够幸运的!"我跟他们开玩笑说。

他俩都朝我咆哮起来，然后我们就上山去吃午饭了。

午饭吃的是比萨，是我平常最爱吃的东西。但是今天的比萨是冷的，吃在嘴里像硬纸板一样，而且奶酪还粘在了我的上颌上。

我并不很饿。

我不住地想着道恩和多丽，想她们多么害怕，多么绝望。我不知道什么时候才能再见到她们，不知道在"拜访日"之前她们还能不能再游过来，藏在男生营地里。

吃过午饭，弗兰克走到我们桌旁来接杰伊和科林，我问他是不是我也应该参加。

"你不在名单上，比利，"他说，一边挠着脖子上被蚊子咬的一个红包，"我一次只能带两个，知道吗？路上还会有点危险呢。"

"危险？"杰伊问道，从桌旁站了起来。

弗兰克笑嘻嘻地看着他。"你是个结实的小伙子，"他对杰伊说，"你肯定没问题。"

我注视着弗兰克领着科林和杰伊走出了食堂。现在我们的桌子上冷冷清清，只有两个我不认识的黄头发男孩，在靠近墙壁的桌子那端掰手腕。

我推开餐盘，站起身来。我打算回到简易房，把给爸

爸妈妈的那封信写完。可是我刚往门口走了几步，就感到一只手搭在了我的肩膀上。

我一转身，看见拉里笑眯眯地低头看着我。"网球比赛。"他说。

"什么？"我感到非常意外。

"比利，你将代表'第四简易房'参加网球比赛，"拉里说，"你没有看见比赛安排吗？贴在布告栏里呢。"

"可是我网球打得很糟糕！"我抗辩道。

"我们对你寄予期望呢，"拉里回答，"拿一个球拍，赶紧到网球场上去吧！"

我整个下午都在打网球，我直落几局，打败了一个小男孩，我感觉他以前从来都没有拿过网球拍。接着，我经过一场漫长的鏖战，输给了午饭时掰手腕的一个浅黄色头发的男孩。

比赛结束时，我全身大汗淋漓，每块肌肉都在酸疼。我朝河边走去，想游个泳让自己清爽清爽。

然后我回到简易房，换上牛仔裤和一件月夜营的白绿相间的T恤衫，把给爸爸妈妈的信写完了。

快到吃晚饭的时间了，杰伊和科林徒步旅行还没有回来，我决定上山到大房子去寄信。我往山上走的时候，看见孩子们正三五成群地赶往他们的简易房，准备换衣服吃晚饭，却看不见我那两位同屋的影子。

　　我把信紧紧攥在手里，绕到大房子后面的营地办公室。门敞开着，我就走了进去。平常总有一个年轻女子在柜台后面解答问题，把信拿去邮寄。

　　"有人吗？"我大声问道，靠在柜台上，向后面那间小屋张望，里面黑黢黢的。

　　没有人回答。

　　"喂，有人吗？"我攥着信又问了一遍。

　　没有人，办公室里空无一人。

　　我感到很失望，准备离开。就在这时，我看见小屋门内的地上有一个大麻包。

　　邮包！

　　我决定把我的信放进包里，跟别的信一起寄走。我悄悄绕过柜台，走进小屋，蹲下来把我的信放进邮包。

　　我大吃一惊，邮包里面全是信。我把邮包打开，把我的信塞进去时，一大堆信掉落到地板上。

　　我开始用手把信捧起来，突然，一封信吸引了我的视线。

　　是我的信，写给我的爸爸妈妈的。

　　是我昨天写的信。

　　"真怪。"我大声嘟囔。

　　我俯下身，把手伸进邮包，掏出了一大把信。我迅速地一封封翻看着，我发现了科林写的信。

101

我又掏出一堆。

我看见了差不多一星期前我刚来营地时写的两封信。

我呆呆地望着它们，背后掠过一阵冰冷的寒意。

我们所有的信，我们来到营地第一天之后写的所有的信，都在这里，都在这个邮包里！

一封都没有寄出去！

我们不能给家里打电话。

也不能给家里写信。

我的双手剧烈地颤抖着，开始把那些信胡乱地塞进邮包。

这里正在发生什么事？我问自己，到底是怎么回事？

16 "拜访日"取消了

当我走进食堂时，艾尔大伯正在结束他晚上的讲话。我悄悄坐进座位，希望没有漏掉什么重要的内容。

我以为会看见杰伊和科林坐在桌子对面，但是他们坐的板凳上空无一人。

真奇怪，我想，我仍然为发现邮包的事感到震惊，他们现在应该回来了呀。

我想跟他们说说邮包的事。我想让他们也知道，我们的父母根本没有收到我们写的信。

我们也没有收到他们的信。

我突然意识到，营地肯定把我们的邮件都扣下了。

科林和杰伊——你们在哪里？

烤鸡油腻腻的，土豆切成大块，吃在嘴里像糨糊一样。我勉强把食物往肚里咽，同时不停地朝食堂门口张

望，希望能看见我的两位同屋。

但是他们没有出现。

一种沉甸甸的恐惧感在我心头凝聚，透过食堂的窗户，我看到外面天色已暗了下来。

他们会在哪儿呢？

徒步旅行三英里，来回用不了这么长时间呀。

我站起身，朝墙角的辅导员餐桌走去，拉里正跟另外两个辅导员大声争辩体育方面的事。他们高声嚷嚷，还用手比画着。

弗兰克的椅子空着。

"拉里，弗兰克回来了吗？"我打断了他们的争论。

拉里转过身，脸上露出惊讶的表情。"弗兰克？"他指了指桌旁的空椅子，"大概还没有吧。"

"他带杰伊和科林去徒步旅行了，"我说，"这会儿应该回来了，不是吗？"

拉里耸了耸肩："我不知道。"他又继续去跟别人争论了，我站在那里，呆呆地望着弗兰克的空椅子。

餐盘被收走后，我们把桌椅板凳推到墙边，开展室内接力赛。每个人似乎都玩得很开心，喊叫声、喝彩声在高高的天花板上久久回荡。

我太为杰伊和科林担心了，根本没有心思享受比赛的乐趣。

也许他们决定在外面过夜了，我对自己说。

可是我看见他们离开的，我知道他们没有带帐篷、睡袋和过夜用的其他东西。

那他们究竟在哪儿呢？

熄灯前不久，比赛结束了。我跟着人流朝门口走去时，拉里出现在我身边。"我们明天一早出发，"他说，"越早越好。"

"什么？"我不明白他的意思。

"坐小划子。我是小划子的辅导员，我带你们去坐小划子。"他看到我一头雾水，便解释道。

"哦，好吧。"我毫无热情地回答。我一门心思替杰伊和科林担忧，几乎把坐小划子的事忘得精光。

"一吃过早饭就出发，"拉里说，"穿好游泳衣，带上替换衣服，在河边跟我碰头。"他匆匆走回去，帮其他辅导员把桌子放回原处。

"吃过早饭。"我嘟囔道。我不知道杰伊和科林是不是也去坐小划子，我忘记问问拉里了。

我在黑暗中迅速下山，露水已经落下来了，高高的野草又湿又滑。走到半山腰，我看见"禁屋"黑黢黢的轮廓，它往前探着身子，好像随时准备出击。

我强迫自己移开目光，小跑着回到了"四号简易房"。

透过窗户，我看见里面有人在走动，这让我大吃一

惊。

科林和杰伊回来了！我想。

我急切地把门推开，冲了进去。"喂，你们这些家伙上哪儿去了?"我大声问道。

我顿住了，抽了一口冷气。

两个陌生人跟我面面相觑。

一个坐在科林那张上铺的床边上，正在脱运动鞋。另一个靠在柜子上，从一个抽屉里掏出一件T恤衫。

"你好，你住这儿?"柜子旁的男孩直起身来，仔细打量着我。他留着短短的黑发，一只耳朵上镶着一颗金饰钉。

我使劲咽了口唾沫。"我走错房间了吗? 这是'四号简易房'吗?"

他俩都疑惑不解地望着我。

我这才发现坐在科林床上的那个男孩也长着一头黑发，但他的头发长长的、乱蓬蓬的，耷拉到额头上。"是啊，这就是'四号简易房'。"他说。

"我们是新来的，"短头发的男孩补充道，"我叫汤米，他叫克里斯，我们是今天刚到的。"

"你们好，"我迟疑地说，"我叫比利。"我的心怦怦乱跳，胸腔里像在打鼓一样，"科林和杰伊呢?"

"谁?"克里斯问道，"他们告诉我们，这个简易房几乎是空的。"

"噢，科林和杰伊……"我想跟他们解释。

"我们刚来，谁也不认识。"汤米打断了我的话，他把抽屉关上了。

"但那是杰伊的抽屉呀，"我迷惑地指着抽屉说，"你把杰伊的东西弄到哪里去了?"

汤米惊讶地望着我。"抽屉是空的。"他回答。

"几乎所有的抽屉都是空的，"克里斯也跟着说道，把运动鞋扔到了地板上，"只有最底下两个抽屉除外。"

"那是我的东西，"我说，觉得脑袋直发晕，"可是科林和杰伊……他们的东西本来在这儿的呀。"我坚持道。

"整个小房间都是空的，"汤米说，"大概你的朋友搬走了。"

"大概吧。"我没精打采地说。我在我那张床的下铺坐了下来，我的双腿直打晃。一百万个念头在我脑海里打转转，每一个都是那么恐怖。

"真是怪事。"我大声说。

"这个简易房还不错，"克里斯说着，拉开毯子，躺了下来，"还蛮舒服的呢。"

"你在营地待多久?"汤米问，一边套上一件超大号的白色T恤，"整个暑假?"

"不!"我哆嗦着喊了起来，"我不待了!"我语无伦次地说，"我是说……我是说……我要走了，我……嗯……我下个星期的'拜访日'就走。"

克里斯惊讶地看了汤米一眼。"什么？你什么时候走？"他又问道。

"'拜访日'那天，"我又说了一遍，"'拜访日'那天我爸爸妈妈来的时候。"

"难道你没有听见吃饭前艾尔大伯的通知吗？"汤米使劲瞪着我问，"'拜访日'取消了！"

17 坐小划子

那天夜里，我时睡时醒，睡得很不踏实。尽管我把毯子拉到下巴上，也仍然感到又冷又怕。

简易房里出现了两个陌生人，就睡在杰伊和科林原来睡的地方，这感觉太古怪了，我为那几个失踪的朋友感到忧心忡忡。

他们出了什么事呢？为什么没有回来？

我不安地在上铺辗转反侧，我听见远处传来了嚎叫声。野兽的嚎叫，大概是从"禁屋"传出来的。长长的、令人毛骨悚然的嚎叫，被风吹进了我们简易房敞开的窗户里。

有一刻，我好像听见有孩子在喊叫。我腾地坐了起来，警觉地竖起耳朵听着。

难道是我梦到了可怕的尖叫？我实在是太恐惧了，心乱如麻，难以分清什么是现实，什么是噩梦。

过了好几个小时，我才重新进入梦乡。

早上醒来，天气灰蒙蒙的，乌云密布，空气寒冷、凝重。我穿上游泳裤和一件T恤衫，跑到大房子去找拉里，我必须弄清杰伊和科林到底怎么样了。

我找遍了每个地方，都没有发现拉里，他没来吃早饭。其他辅导员谁也不承认自己知道情况，那个带我的两个朋友去徒步旅行的辅导员弗兰克也不在。

后来，我终于在河边找到了拉里，他正在摆弄一个长长的金属小划子，准备载我们到河里航行。"拉里，他们在哪儿？"我气喘吁吁地大声问道。

他怀里抱着好几支桨，抬头看着我，表情变得很困惑。"谁？克里斯和汤米吗？他们很快就会来的。"

"不！"我一把抓住他的胳膊，喊了起来，"是杰伊和科林！他们在哪儿？他们到底出了什么事，拉里？你必须告诉我！"

我紧紧抓住他的胳膊，我的呼吸十分急促，我能感觉到太阳穴上的血管突突直跳。"你必须告诉我！"我声音尖厉地又说了一遍。

他挣脱了我，让船桨落在小划子旁边。"我根本不知道他们的事情。"他平静地回答。

"可是拉里！"

"我真的不知道。"他用同样平静的声音一口咬定，他的表情变得柔和了，他把一只手放在我颤抖的肩膀上，"听我说，比利，"他牢牢地盯着我的眼睛说，"划船结束后我就去找艾尔大伯打听，好吗？我会为你弄个水落石出的，等我们回来以后。"

我瞪着他，想弄清他说的是不是真话。

但我看不出来，他的眼睛就像大理石一样平静而冰冷。

他探身向前，把小划子推进了浅水里。"给，拿上一套救生用具，"他指着我身后一堆蓝色的橡皮马甲，"把它扣上，然后上船。"

我照他的吩咐做了，我发现自己别无选择。

几秒钟后，克里斯和汤米跑来了。他们顺从地遵照拉里的指示，穿上了救生衣。

几分钟后，我们四个人双腿交叉地坐进细细长长的小划子里，缓缓漂离了河岸。

天空仍然是深灰色的，太阳躲藏在黑压压的乌云后面。小划子在波浪翻滚的河面上颠簸，水流比我原来想的还要湍急。我们开始加速，河岸上低矮的树木和灌木丛飞快地向后掠过。

拉里坐在小划子前，面朝我们。他向我们演示怎样划桨，河水载着我们越漂越远。

他留心地注视着我们，眉头皱得紧紧的，我们三个费
力地跟上他的节奏。等我们好不容易找到了感觉，拉里笑
了笑，小心翼翼地转过身去，他转身时用手抓住小划子的
船帮。

"太阳挣扎着要露头呢。"他说。大风吹过波浪起伏的
河面，使他的声音听上去有点发闷。

我抬起目光，天空比先前更加灰暗了。

他背对着我们，面朝前方，让我们三个人自己划桨。
我以前从没划过小划子，这比我想象的还要难，但是我慢
慢地跟上了汤米和克里斯的节奏，开始喜欢这种感觉了。

黑黢黢的河水拍打着船帮，涌起一片片白色的泡沫。
水流越发湍急了，我们加快了速度。空气仍然寒冷，但因
为不停地划桨，我身上开始暖和起来。过了一会儿，我发
现自己出汗了。

我们的小船经过盘根错节的树丛，那些树干是黄色或
灰色的。河流突然分成两个岔道，我们调整了一下船桨，
选择了左边的岔道。拉里又开始划了起来，努力让我们避
开两条岔道之间那些突出的大石块。

小划子上下颠簸，左右摇晃，冰冷的河水打进了船帮。

天空更加黑暗了，我担心会有暴风雨。

接着河流变宽，水流变得强劲、湍急。我发现我们其
实用不着划桨，水流在把我们向前推送。

河流开始下坡，泛着白沫的大旋涡使得小划子剧烈地颠簸跳动。

"激流来了!"拉里喊道，他把双手拢在嘴边，让我们听见他的声音，"稳住! 很不好控制!"

一股冰冷刺骨的河水溅到我身上，我心头一颤，一阵恐惧袭来。小划子跟着白色的波涛升得老高，然后重重地砸了下来。

我听见汤米和克里斯在我身后兴奋地大笑。

又是一个冰冷的浪头打过小划子，把我吓了一跳。我失声大叫，差点儿扔掉了手里的桨。

汤米和克里斯又笑了起来。

我深深吸了口气，紧紧抓住船桨，拼命想跟上节奏。

"喂，快看!"拉里突然大叫一声。

我惊愕地发现他站了起来，他探身向前，指着白色的、打着旋涡的河水。

"快看那些鱼!"他喊道。

就在他俯下身去时，小划子突然被一股特别湍急的水流撞击了一下，忽地向右一转。

我看见拉里失去平衡时脸上惊愕的表情，他猛地张开双臂，头朝下栽进了翻滚的河水中。

"不!"我尖叫道。

我回头去看汤米和克里斯，他们已不再划桨，而是茫

然地望着打着旋儿的黝黑的河水，神色惊恐，目瞪口呆。

"拉里！拉里！"我一遍遍地喊叫着这个名字，自己却浑然不觉。

小划子继续在湍急的河水中迅速漂流。

拉里没有上来。

"拉里！"

在我身后，汤米和克里斯也在大声喊他的名字，他们的声音尖厉而充满恐惧。

他在哪儿？他为什么不游到水面来？

小划子往下游越漂越远。

"拉——里！"

"我们必须停下来！"我叫道，"我们必须把速度放慢！"

"办不到！"克里斯朝我嚷道，"我们不知道该怎么做！"

仍然没有拉里的影子，我意识到他肯定有麻烦了。

我没有多想，就把船桨扔进河里，站起身来，一头扎进了黑黢黢的、打着旋涡的河里——我要去救他。

18 愤怒转变为恐惧

我不假思索地纵身一跃，入水时呛了一大口浑浊的河水。

我拼命挣扎着游向水面，嘴里连咳带喘，心脏突突狂跳。

我深深吸了口气，把脑袋沉下去，想顶着激流往前游，我感觉我的运动鞋似乎有一千磅重。

我知道我应该把鞋子脱掉再跳的。

河水波涛汹涌，我焦急地摆动双臂，拼命朝拉里刚才落水的地方游去。我回头扫了一眼，看见小划子像一个模糊的小黑点，越来越小。

"等等！"我想对汤米和克里斯大喊，"等我找到拉里！"

但我明白他们不知道怎样让小划子放慢速度，他们只

能无奈地任由激流把他们带走。

拉里在哪儿呢？

我又吸了一大口空气——突然感到右腿一阵剧痛，我顿时僵住了。

疼痛迅速蔓延到我的整个右半身。

我滑到水面下，等待疼痛减轻。

疼得越来越厉害了，后来整条腿几乎动弹不得。浪头一个接一个朝我打来，我挣扎着让自己冒出头来。

我又使劲吸进一些空气，迅速地用力划水，让自己浮在水面上，全然不理会腿上的剧痛。

嘿！

是什么东西在我前面漂浮？一块被激流冲下来的木头吗？

褐色的河水劈头盖脸打来，使我看不清眼前的东西，把我往后抛去。我呛得连连咳嗽，拼命挣扎着往前游。

河水在我脸上流淌，我努力往前看。

拉里！

他径直朝我漂来。

"拉里！拉里！"我好不容易叫出声来。

他没有回答我，我这才看清他是脸朝下漂着。

我伸出两只胳膊，抓住拉里的肩膀，腿上的剧痛奇迹般地消失了。我把他的脑袋拖出水面，把他的身体翻了过来，然后用胳膊搂住他的脖子。我用的是爸爸妈妈教我的救生技巧。

我转向下游，寻找着小划子，但是水流早已把它冲得无影无踪。

我又呛了一口冰冷的河水，我一边咳嗽，一边抓住拉里不放。我使劲蹬腿，我的右腿仍然发紧，软弱无力，但至少疼痛消失了。我踢蹬双腿，用另一只手使劲划水，拖着拉里朝岸边游去。

令我宽慰的是，水流帮了我的忙，它似乎在推着我们向岸边涌动。

几秒钟后，我离岸边已经很近，可以站起来了。我累得一点力气都没有，像野兽一样呼哧呼哧喘着粗气。我跌跌撞撞地站起来，拖着拉里走到岸边的泥地里。

他死了吗？他是不是在我找到他之前就淹死了？

我让他仰面躺平，然后探身朝他望去。我仍然大声喘着粗气，拼命调整自己的呼吸，克制着整个身体的颤抖。

他睁开了眼睛。

他茫然地望着我，似乎没有认出我来。

最后，他低声呼唤我的名字，"比利，"他哽咽地说，"我们没事吧？"

我和拉里休息了一会儿，然后我们循着河的上游，步

行返回营地。

我们全身都湿透了，沾满了湿泥浆，但我毫不在意。我们还活着，我们都没事，而且是我救了拉里的命。

回去的路上，我们没怎么说话，单是走路就耗尽了我们的每一丝力气。

我问拉里，他是不是认为汤米和克里斯安然无恙。

"但愿如此。"他气喘吁吁地嘟囔道，"他们大概可以划到岸边，像我们一样步行回去。"

我抓住这个机会，又问他杰伊和科林的事。我想，拉里这次大概会跟我说实话了，因为这里只有我们两个人，而且我刚刚救了他的命。

但他还是一口咬定对我两个同屋的事毫不知情。他一边走路，一边举起一只手，发誓说他什么也不知道。

"发生了这么多恐怖的事情。"我低声说道。

他点点头，眼睛直视着前方。"确实很奇怪。"他赞同道。

我等他再说点什么，但他只是默默地往前走。

我们花了三个小时才走回去。其实我们往下游漂得并没有那么远，但是泥泞的河岸弯弯曲曲，使我们的路程拉长了。

终于看见营地了，我双膝一软，差点儿瘫倒在地。

我们上气不接下气，浑身都湿透了，湿漉漉的衣服上沾满泥浆，拖着沉重的脚步走向水边。

"喂——"游泳区传来一个人的喊声。是艾尔大伯，他穿着宽松的绿色运动服，在泥地上急匆匆地朝我们跑来。"出什么事了?"他问拉里。

"我们出了意外!"拉里还没来得及回答，我就大声说道。

"我落水了。"拉里承认道，他布满泥点的脸红了，"比利跳进河里救了我，我们是走回来的。"

"但是汤米和克里斯没法把小划子停住，他们漂走了!"我喊道。

"我们俩都差点儿淹死。"拉里告诉皱着眉头的营地负责人，"可是，比利……他救了我的命。"

"你能不能派人去找找汤米和克里斯?"我问，突然开始浑身发抖。大概是累的吧，我想。

"那两个男孩漂到下游去了?"艾尔大伯严厉地盯着拉里问道，用手挠着后脑勺上的那圈黄头发。

拉里点点头。

"我们必须找到他们!"我坚持道，抖得更厉害了。

艾尔大伯仍然严厉地瞪着拉里。"我的小划子呢?"他气呼呼地问道，"那是我们最好的小划子! 难道我要换掉它吗?"

拉里不高兴地耸了耸肩。

"我们只能明天再去找那个小划子了。"艾尔大伯没好气地说。

他根本不关心两个男孩的死活，我想，他根本不关心他们的死活。

"去换身干衣服。"艾尔大伯吩咐我和拉里。他气冲冲地朝大房子走去，一边走一边摇头。

我转身走向简易房，觉得全身发冷，整个身体仍在发抖，我感觉到一股强烈的怒火在心头涌起。

我刚刚救了拉里的命，但艾尔大伯竟对此丝毫也不在意。

他不关心两个营员在河里迷失了方向。

他不关心两个营员和一个辅导员徒步旅行一去不回。

他不关心有个男孩是否遭到了怪兽的袭击！

他不关心有孩子失踪，甚至再也不去提及。

他不关心我们每一个人。

他只关心他的小划子。

但很快，我的愤怒竟转变为难以名状的恐惧。

当然啦，此时我还无法知道暑假里最恐怖的一幕还没有到来呢。

19 特殊拉练

那天夜里，简易房里只剩下我一个人。

我给自己的床上多加了一条毯子，身体在被窝里紧紧缩成一团，我不知道自己能不能睡着。也许那些恐怖和愤怒的思绪又会使我辗转反侧，彻夜难眠。

但是我实在太劳累、太疲倦了，就连"禁屋"里传来的怪异而忧伤的嗥叫也没能阻止我入睡。

我坠入了黑暗的梦乡，睡得真沉啊，直到有人摇晃我的肩膀把我唤醒。

我吃了一惊，腾地坐了起来。"拉里！"我喊了起来，声音里还带着睡意，"出什么事了？"

我眯起眼睛扫视着房间里。拉里的床上乱糟糟的，毯子堆在床角。显然，他夜里进来睡过觉了。

但是汤米和克里斯的床还和前一天一样，没有人碰

121

过。

"特殊拉练,"拉里说完,走向自己的小床,"快点,赶紧穿好衣服。"

"什么?"我伸了个懒腰,打了个哈欠。窗外的天色仍然灰蒙蒙的,太阳还没有升起,"什么拉练?"

"艾尔大伯管它叫特殊拉练。"拉里背对着我回答。他抓起床单,开始铺床。

我哀叹一声,从床上下来,光脚踩在小屋的地上感觉冷冰冰的。"我们不能休息休息吗?我是说,经过昨天发生的事情之后?"我又扫了一眼汤米和克里斯原封未动的床铺。

"不光是我们,"拉里说,一边把床单抹平,"整个营地的人都要参加。每个人都去。艾尔大伯领队。"

我往腿上套一条牛仔裤,刚伸进去一条腿,内心突然感到一阵莫名的恐惧。"日程表上没有,"我一边单腿在地上蹦着穿裤子,一边脸色阴沉地说,"艾尔大伯要把我们带到哪儿去?"

拉里没有回答。

"哪儿?"我尖着嗓音又问了一遍。

他假装没有听见我的话。

"汤米和克里斯,他们没有回来吗?"我板着脸问,穿上了运动鞋。幸亏我带了两双,昨天那双鞋还扔在墙角里，仍然湿得透透的，沾满泥浆。

"他们会露面的。"拉里最后答道，但他说话的口气好像言不由衷。

我穿好衣服，跑上山去吃早饭，这是一个温暖的、光线昏暗的早晨。夜里肯定下雨了，高高的野草闪着耀眼的光泽。

营员们打着哈欠，在灰蒙蒙的晨光里眨着眼睛，一言不发地往山上走去。我看见他们脸上几乎都带着跟我一样困惑的表情。

为什么我们一大早要去参加日程表上没有的拉练？要去多长时间？要去什么地方？

我希望，吃早饭的时候艾尔大伯或某位辅导员能跟我们把情况说清楚，但是他们谁也没有在食堂露面。

我们静悄悄地吃着，已不再像平常那样说说笑笑。

我发现自己在想着昨天划船时惊心动魄的场景，我几乎又尝到了河水那咸腥而浑浊的滋味。我看见拉里脸朝下朝我漂来，在波涛汹涌的水面上沉浮，就像一簇水草。

我仿佛看见自己拼命朝他游去，挣扎着跟激流搏斗，挣扎着在白色的旋涡中浮出水面。

接着我模模糊糊地看见了小划子，湍急的水流一下子把它带走了。

突然，我想起了道恩和多丽。不知道她们情况怎样，不知道她们是否还在争取到河边来跟我碰头。

早饭是法式面包加糖浆，这是我平常很爱吃的东西，但今天早晨我只是用叉子戳了戳。

"到外面去排队！"一个辅导员在门口喊道。

椅子摩擦地面，发出很响的噪声。我们都顺从地站起来，朝门外走去。

他们要把我们带到哪里去？

为什么没有人告诉我们这是怎么回事？

天空亮起来了，泛出淡淡的粉红色，但太阳还没有在地平线上升起。

我们在大房子旁的墙边排成一路纵队。队伍往山下延伸，我差不多排在了末尾。

有几个孩子在大声说笑，互相推推搡搡地嬉闹，但大多数人都默不作声地站着或靠在墙上，等着看接下来会发生什么事。

队伍排好后，一个辅导员从头走到尾，用手指点着，嘴唇专注地蠕动着，给我们清点人数。他数了两遍，确保数字准确。

然后，艾尔大伯在队伍前面出现了。他穿着一套棕色和绿色相间的迷彩服，就是电影上士兵们穿的那种。他戴着一副漆黑的墨镜，尽管太阳还没有升起。

他一言不发，朝拉里和另一个辅导员做了个手势，他们肩膀上都扛着很大的褐色袋子，看上去沉甸甸的。艾尔大伯大步流星地朝山下走去，眼睛藏在漆黑的墨镜后面，表情严肃，眉头紧蹙。

他在最后一名营员前面停住脚步。"这边走！"他指着河边大声说道。

他就只说了这么三个字："这边走！"

我们就跟了上去，以急行军的速度步行，运动鞋踩在湿漉漉的草地上直打滑。在我身后，有几个孩子不知因为什么事咯咯发笑。

我吃惊地意识到我现在几乎位于队伍的前面。我离艾尔大伯很近，可以大声跟他说话了。于是我就喊道："我们去哪儿？"

他加快了脚步，没有回答。

"艾尔大伯，这是一次很长的拉练吗？"我大声问。

他假装没有听见。

我决定放弃。

他领我们往河边走去，然后往右一拐。前面不远处，在河床变窄的地方，有几片茂密的小树林。

我扫了一眼队尾，看见拉里和另一个辅导员扛着袋子，正急匆匆地跟上艾尔大伯的速度。

这都是怎么回事？我问自己。

我盯着前面那些盘根错节的矮树林，一个念头挤进了我的脑海。

我可以逃跑。

这念头太可怕了——却突然显得那么真实——它是花了很长时间才成形的。

我可以逃进那些树丛。

我可以逃离艾尔大伯和这个恐怖的营地。

这个想法多么令人振奋，我脚步一乱，差点儿被自己绊倒。我撞到前面那个男孩身上，他叫泰勒，长得人高马大，他转过身来气势汹汹地瞪着我。

慢点来慢点来，我对自己说，感觉我的心在胸膛里怦怦狂跳起来。得好好考虑考虑，考虑得仔细一点……

我眼睛死死地盯着树林。我们离它越来越近了，我清清楚楚地看见了那些繁茂的树木，它们密密地挤在一起，枝枝丫丫都互相纠结盘绕，看上去似乎没有边际。

进了那里，他们绝对不会找到我的，我对自己说，要在那些树木间藏身简直太容易了。

可是，然后怎么办呢？

我不可能永远待在树林里。

然后怎么办呢？

我盯着树丛，强迫自己集中思想，强迫自己理清思路。

我可以沿着河岸往前走。对，沿着河岸，顺着河流的方向。它最后肯定会通到一个小镇，它必须通到一个小镇。

一遇到小镇我就走进去，给我的爸爸妈妈打电话。

我能办到，我想，我太激动了，简直没法留在队伍里。

我只需要闪身一跑，趁别人不注意的时候，朝树林冲去。钻入树林，跑进树林深处。

现在我们已经来到树林边缘了。太阳终于升了起来，照亮了清晨玫瑰色的天空，我们正处在树林的阴影中。

我能办到，我对自己说。

快了。

我的心剧烈地怦怦直跳，虽然空气冷飕飕的，但我竟然出汗了。

镇静，比利，我提醒自己，镇静一些。

等候机会。

等待时机。

然后远远地离开月夜营，再也不回来。

我站在树荫里，打量着那些树木。我看见前面几米远的地方有一条狭窄的小路通进树林。

我估算着需要多长时间才能走到那条小路，大概最多十秒钟吧。然后，再过五秒钟，我就可以进入密林的保护之中了。

我能办到，我想。

　　不到十分钟我就可以消失得无影无踪。

　　我深深吸了口气，鼓起勇气。我绷紧全身的肌肉，准备奔跑。

　　这时，我扫了一眼队伍前面。

　　我惊恐地看到，艾尔大伯正用目光盯着我呢，而且他手里正端着一支来复枪。

20 不许再开玩笑

看见他手里的来复枪，我失声惊叫。

难道他看出了我的想法？难道他知道我想逃跑？

我呆呆地瞪着来复枪，后背上掠过一阵寒意，然后我抬起目光望着艾尔大伯的脸，却发现他并没有看着我。

他把注意力转向了那两个辅导员。他们已经把袋子放在地上，正俯着身子想把袋子打开。

"我们为什么停下了？"我前面的男孩泰勒问道。

"拉练结束了吗？"另一个男孩开玩笑道，几个孩子笑了起来。

"我猜我们可以回去了。"又一个孩子说。

我站在那里，不敢相信地注视着拉里和另一个辅导员把一支支来复枪从两个袋子里拿出来。

"排好队，每人拿一支。"艾尔大伯吩咐我们，一边用

他那杆枪的枪柄敲打着地面，"每人一支枪。快，抓紧时间！"

没有人动弹，我想，大家都以为艾尔大伯是在开玩笑什么的。

"你们这些男孩怎么啦？我叫你们抓紧！"他气呼呼地嚷道。他抓起几支来复枪，顺着队伍往前走，硬往每个孩子手里塞了一支。

他把一支枪往我怀里一杵，用的劲儿真大，我跟跄着后退了几步。我赶紧抓住枪管，不让它掉在地上。

"怎么回事？"泰勒问我。

我耸了耸肩，惊恐地打量着来复枪。我以前从没有摸过真枪，我的爸爸妈妈都反对使用任何武器。

几分钟后，我们在树荫底下排好了队，每人手里都拿着一支枪。艾尔大伯站在队伍中间，示意我们围成一个圆圈，使我们都能听见他说话。

"怎么回事？是练习打靶吗？"一个男孩问道。

听了这话，拉里和另一个辅导员轻声笑了。艾尔大伯还是板着脸，神情严肃。

"仔细听好，"他粗声粗气地说，"不许再开玩笑，这是一件严肃的事情。"

营员们把他紧紧围在中间，我们都安静下来。一只鸟儿在近旁一棵树上唧唧喳喳地叫，不知怎的，它让我想起了我的逃跑计划。

我真的会为我没能逃跑而感到后悔吗?

"昨天夜里,女生营地的两个女生逃跑了,"艾尔大伯用平淡的、公事公办的口吻说,"一个黄头发,一个红头发。"

道恩和多丽!我心里惊叫起来,肯定是她们俩。

"我相信,"艾尔大伯继续说,"她们就是几天前溜到男生营地,藏在河边的那两个女生。"

没错!我高兴地想,正是道恩和多丽!她们逃跑了!

我突然意识到我脸上绽开了灿烂的笑容。我趁艾尔大伯还没有注意到我听到这消息后的喜悦心情,赶紧把笑容收了回去。

"孩子们,那两个女生就在这片树林里,她们就在附近。"艾尔大伯继续说。他举起了来复枪,"你们的枪里已经装了子弹。如果看见她们,要认真瞄准,她们休想逃脱我们的手心!"

21 小菜一碟

"什么?"我不敢相信地抽了口冷气,"你是说我们应该朝她们开枪?"

我看了看围成一圈的营员,他们也都像我一样神色迷茫,摸不着头脑。

"是啊,你们应该朝她们开枪,"艾尔大伯冷冷地回答,"我跟你们说了——她们想要逃跑!"

"但我们不能!"我喊道。

"很容易。"艾尔大伯说,他把来复枪举到肩头,做出射击的样子,"看见吗?小菜一碟。"

"但我们不能杀人!"我不肯退缩地说。

"杀人?"漆黑的墨镜后面,他的表情变了,"我根本没有提到杀人,是不是?这些枪里装的是麻醉剂,我们只是想阻止这两个女生——并不想伤害她们。"

艾尔大伯朝我跟前跨了两步，枪仍然拿在手里。他盛气凌人地站在我面前，把脸低下来贴近我的脸。

"你有什么问题吗，比利?"他冲我问道。

他在向我挑衅。

我看见其他孩子都往后退去。

树林里静悄悄的，就连那只鸟也不叫了。

"你有什么问题吗?"艾尔大伯又问了一遍，他的脸近在咫尺，我甚至能闻到他的口臭。

我害怕地退后一步，又退后一步。

他为什么要这么对待我? 他为什么要这样向我挑衅?

我深深吸了口气，屏住呼吸，然后我扯足了嗓门大声嚷道:"我……我不干!"

我并不完全清楚自己在做什么，我把来复枪端起来，将枪口瞄准了艾尔大伯的胸口。

"你会后悔的!"艾尔大伯用低沉的声音吼道。他摘掉墨镜，扔进了树丛。然后他气势汹汹地眯起眼睛瞪着我，"把枪放下，比利。我要让你吃不了兜着走。"

"不，"我毫不退缩地对他说，"你休想。夏令营结束了，你再也别想搞鬼了。"

我的双腿在剧烈地颤抖，使我简直站立不稳。

但我决不会去追捕道恩和多丽，我也决不会去做艾尔大伯说的其他事情，决不。

"把枪给我，比利！"他用低沉的、恶狠狠的声音说，他伸出一只手来拿我的枪，"给我吧，孩子。"

"不！"我喊道。

"快给我吧！"他命令道，眼睛眯着，目光火辣辣地瞪着我，"快！"

"不！"我大喊。

他的眼睛眨了一下，两下。

接着他朝我扑了过来。

我后退一步，用枪瞄准艾尔大伯——然后扣动了扳机。

22 我们等着瞧吧

来复枪发出轻轻的噗的一声。

艾尔大伯把脑袋往后一仰，哈哈大笑，他自己的那杆枪落在了他脚边的地上。

"喂——"我大声喊道，觉得摸不着头脑，我仍然用枪瞄准他的胸口。

"祝贺你，比利!"艾尔大伯亲热地笑眯眯地看着我，说道，"你通过了。"他走上前，伸出手来跟我握手。

其他营员也都扔掉了手里的枪。我看了一眼，发现他们脸上都笑嘻嘻的。拉里也面带微笑，朝我竖起了两个大拇指。

"怎么回事呀?"我充满疑虑地问道，把枪慢慢地放了下来。

艾尔大伯抓住我的手，使劲捏了一下。"祝贺你，比

利，我就知道你肯定会通过的。"

"什么呀？我不明白！"我嚷了起来，完全被弄糊涂了。

艾尔大伯并没有向我解释，而是把脸转向树丛，喊道："好了，诸位！结束了！他通过了！快出来祝贺他吧！"

我吃惊得把嘴巴张得老大，不敢相信地看着那些人从树丛后面走了出来。

首先出来的是道恩和多丽。

"你们果然藏在树林里！"我大声说。

她们报以大笑。"祝贺你啊！"多丽喊道。

接着其他人也走了出来，都笑眯眯地向我表示祝贺。我认出了麦克，兴奋得尖叫起来。他安然无恙！

在他旁边的是杰伊和罗杰！

科林从树林里走了出来，后面跟着汤米和克里斯。一个个都面带笑容，满心欢喜，毫发未损。

"这……这都是怎么回事呀？"我结结巴巴地问。我完全被弄傻了，觉得头晕目眩。

我不明白，我真的不明白。

接着，我的爸爸妈妈也从树林里走了出来。妈妈冲过来给了我一个拥抱，爸爸拍了拍我的头顶。"我就知道你会通过的，比利。"他说，我看见他眼里闪着喜悦的泪花。

最后，我再也忍不住了，我轻轻地把妈妈推开。"通过了什么？"我问道，"怎么回事？到底是怎么回事？"

艾尔大伯用胳膊搂住我的肩膀，领着我离开了那群营员。爸爸妈妈也紧紧地跟了上来。

"其实这不是什么夏令营，"艾尔大伯解释道，他仍然笑眯眯地看着我，脸色红彤彤的，"这是一个官方的测试研究室。"

"什么？"我使劲咽了一口唾沫。

"比利，你知道你的爸爸妈妈都是科学家，"艾尔大伯继续说，"他们要出发去进行一次非常重要的科学考察，这次他们想带你一起去。"

"你们怎么没有告诉我呢？"我问我的爸爸妈妈。

"我们不能说呀。"妈妈大声说道。

"根据政府的规定，比利，"艾尔大伯接着说道，"小孩子是不允许参加官方科学考察的，除非他们通过一定的测试。这就是你在这里做的事情，你在接受测试。"

"测试什么？"我问，仍然迷惑不解。

"是这样，我们要看看你能不能服从命令，"艾尔大伯解释道，"你通过了，因为你拒绝去'禁屋'。"他举起两根手指，"第二，我们必须测试你的胆量。你救了拉里，表现出了胆量。"他举起三根手指，"第三，我们还要看看你是否知道什么时候不能服从命令。这项测试你也通过

了，因为你拒绝搜捕道恩和多丽。"

"所有的人都参加了？"我问，"所有的营员？还有辅导员？每个人？他们都是演员吗？"

艾尔大伯点了点头。"他们都在这个测试研究室工作。"他的表情变得严肃了，"知道吗，比利，你的爸爸妈妈要带你去一个非常危险的地方，也许是已知的宇宙间最危险的地方，所以我们必须确保你能够对付得了。"

宇宙间最危险的地方？

"是哪儿？"我问我的爸爸妈妈，"你们要带我去哪儿？"

"是一个非常奇怪的星球，名叫'地球'，"爸爸看了妈妈一眼，回答道，"离这里很远很远，但是会很令人兴奋。那里的居民非常古怪，不可预测，还没有人研究过他们。"

我开心地大笑着，走到爸爸妈妈中间，用胳膊搂住他们俩。"地球?! 听起来真够古怪的，但它绝不可能跟月夜营一样危险，一样刺激!"我大声说道。

"我们等着瞧吧，"妈妈轻声回答，"等着瞧吧。"

邻屋幽魂

1 梦中的大火

汉娜不知道是什么东西惊醒了她——噼噼啪啪的爆响声，还是耀眼的橙黄色火焰。

她在床上腾地坐起来，惊恐地睁大眼睛，望着大火把她包围。

火苗跳动着掠过她的柜子，着了火的墙纸在卷曲、熔化。储藏室的门被烧掉了，她看见火焰从一层架子跳向另一层架子。

就连镜子也燃烧起来。汉娜看见自己映在镜子里的形象黑糊糊的，后面是无数跳动的火焰。

大火迅速蔓延，充满了整个房间。

汉娜被臭烘烘的浓烟呛得喘不过气来。

叫喊已经来不及了。

但她还是叫了起来。

谢天谢地，这只是一个梦。

汉娜在床上坐了起来，心还在怦怦狂跳，嘴里干得像塞了棉花一样。

没有噼噼啪啪作响的火苗，没有跳动着的橙黄色的火舌。

没有令人窒息的浓烟。

一切都是梦，一个可怕的梦，却又那么逼真。

但毕竟只是个梦。

"哎呀，真是太吓人了。"汉娜自言自语地嘟囔。她躺回到枕头上，等待狂跳的心脏在胸膛里恢复平静。她抬起灰蓝色的眼睛望着天花板，它是那样洁白、凉爽。

汉娜脑海里仍然浮现出被烧得焦黑的天花板，起皱卷曲的墙纸，还有在镜子前面飞蹿的火焰。

"至少我的梦并不乏味！"汉娜对自己说。她蹬掉薄毯子，看了一眼桌上的钟，才刚八点一刻。

怎么可能刚八点一刻？她纳闷道，我感觉我睡得没完没了，那么今天是什么日子呢？

暑假里的日子过得糊涂，一天又一天没有什么差别。

汉娜这个暑假非常孤独，她的大多数朋友都跟家人出去度假，或去参加夏令营了。

在绿林瀑布这样一个小镇里，一个十二岁的孩子可以做的事情太少了。她读了许多书，看了许多电视，骑着自行车在小镇上兜来兜去，找人消磨时间。

太无聊了。

但是今天，汉娜从床上下来时，脸上带着微笑。

她还活着！

家里的房子没有被烧毁，她没有被困在噼噼啪啪的烈焰中。

汉娜穿上一条"日辉牌"绿色短裤和一件鲜艳的橘黄色无袖T恤，爸爸妈妈总是取笑她是色盲。

"饶了我吧！我就喜欢鲜艳的颜色，这有什么大不了的？"她总是这样回答。

鲜艳的颜色，就像梦境中环绕在她床周围的火焰。

"呸，梦境！别来烦我了！"她嘟囔道。她用发刷草草地梳了梳浅黄色的短发，然后穿过门厅朝厨房走去。她闻到了鸡蛋和咸肉在炉子上煎烤的香味。

"诸位，早上好！"汉娜像小鸟一样快活地说。

就连看到她的两个六岁的双胞胎弟弟比尔和赫伯，她也感到很高兴。

这两个淘气包，是绿林瀑布镇上最吵闹、最烦人的孩子。

他们隔着餐桌把一个蓝色的橡皮球扔来扔去。"我要告诉你们多少次！不许在家里玩球！"菲尔恰德夫人喊道，从炉子旁转过身来骂他们。

"一百万次。"比尔说。

赫伯大笑起来，他认为比尔逗极了。他们俩都觉得自己特别风趣。

汉娜走到妈妈身后，紧紧地搂了一下妈妈的腰。

"汉娜，住手！"妈妈喊道，"我差点儿把鸡蛋打翻！"

"汉娜，住手！汉娜，住手！"双胞胎学着妈妈的声音说。

橡皮球从赫伯的盘子上弹出去，又从墙上弹回来，直朝炉子飞去，还差几寸就砸到煎锅了。

"打得真准，发球得分。"汉娜开玩笑说。

双胞胎发出刺耳尖厉的大笑声。

菲尔恰德夫人猛地转过身，眉头皱得紧紧的。"如果球掉进煎锅里，你们就把它跟鸡蛋一起吃下去！"她朝他们晃了晃叉子，威胁道。

两个男孩听了之后笑得更厉害了。

"他们今天的情绪有点疯。"汉娜笑眯眯地说，她笑起来一边腮帮子上有个酒窝。

"他们什么时候正经过？"妈妈说着，把球扔进了门厅。

"嘿，我今天心情特别好！"汉娜大声说，透过窗户望着外面蔚蓝无云的天空。

妈妈怀疑地望着她："为什么呢?"

汉娜耸了耸肩。"就是特别好，"她不想告诉妈妈她做了那个噩梦，现在感到活着就很开心，"爸爸哪儿去了?"

"一大早就上班去了，"菲尔恰德夫人用叉子翻着咸肉说道，"有些人暑假是不放假的。"她又问道，"汉娜，你今天准备做什么?"

汉娜打开冰箱，从里面拿出一盒橘子汁。"还跟平常一样，你知道的，混日子呗。"

"真对不起，让你这个暑假过得这么无聊，"妈妈叹着气说，"我们没有钱送你去夏令营，也许明年暑假……"

"没关系，妈妈，"汉娜快活地回答，"我暑假过得挺高兴的，真的。"她转向两个双胞胎弟弟，"你们这两个小家伙，喜欢昨晚的那些鬼故事吗?"

"不恐怖。"赫伯立刻答道。

"一点儿也不恐怖，你的鬼故事都很无聊。"比尔跟着说道。

"我看你们当时可是被吓得够呛哦。"汉娜坚持道。

"我们是假装的。"赫伯说。

汉娜举起那盒橘子汁。"想喝点吗?"

"里面有没有果肉?"赫伯问。

汉娜假装读着盒子上的文字。"有，上面说'含百分

之百的果肉'。"

"我讨厌果肉!"赫伯大声说。

"我也是!"比尔随声附和,做了个鬼脸。

这不是他们第一次在早饭时讨论果肉的问题。

"你就不能买不含果肉的橘子汁吗?"比尔问妈妈。

"你能帮我们过滤一下吗?"赫伯问汉娜。

"我可以喝苹果汁吗?"比尔问。

"我不想喝果汁,我想喝牛奶。"赫伯说。

换了平常,这样的讨论会使汉娜烦得嚷嚷起来,但是今天她的反应心平气和。"一盒苹果汁和一盒牛奶来了。"她快乐地说。

"你今天早晨心情确实很好。"妈妈评论道。

汉娜把苹果汁递给比尔,他立刻就把它弄洒了。

吃过早饭,汉娜帮妈妈收拾厨房。"天气不错,"菲尔恰德夫人望着窗外说道,"天空万里无云,气温应该有三十二度。"

汉娜笑了起来,妈妈总是喜欢发布天气预报。"也许,我应该趁天气还没热起来去骑骑自行车。"她对妈妈说。

她走出后门,做了一个深呼吸,温暖的空气里有一股新鲜的芳香味儿。她注视着两只红黄相间的蝴蝶在花园里翩翩飞舞。

她朝着车库的方向,在草地上走了几步。她听见从这个街区的什么地方传来刈草机的嗡嗡声。

汉娜抬头望着清澈蔚蓝的天空,感觉阳光照在脸上暖融融的。

"喂——留神!"一个惊慌的声音喊道。

汉娜感到后背一阵剧痛。

她恐惧地吸了口凉气,摔倒在地。

2 新朋友丹尼

汉娜的胳膊肘和膝盖着地，重重摔在地上。她连忙转过头，看是谁撞了她。

一个骑自行车的男孩。"对不起!"他大声说，他跳下来，让自行车倒在草地上，"我没有看见你。"

我穿着艳绿色和橘黄色的衣服，汉娜想，他怎么会看不见我?

她从地上爬起来，摸了摸膝盖上的青草渍。"哎哟。"她咕哝道，皱起眉头看着他。

汉娜发现他长着一头鲜红色的头发，几乎跟甜玉米穗的颜色一样，眼睛是褐色的，一张脸上满是雀斑。

"你为什么在我家院子里骑车?"汉娜问道。

"你家院子?"他眯起深色的眼睛看着她，"从什么时候起?"

148

"从我出生之前。"汉娜没好气地回答。

他摘掉她头发里的一片树叶。"你住在那座房子里吗?"他指着房子问。

汉娜点点头。"你住在哪儿呢?"汉娜问。她仔细查看自己的胳膊肘,虽然脏兮兮的,但并没有擦伤。

"就在隔壁。"他说,然后转向车道对面那座牧场风格的红木房子。

"什么?"汉娜惊讶地问道,"你不可能住在那儿!"

"为什么?"他问。

"那是一座空房子,"汉娜对他说,一边打量着他的脸,"自从多德森家搬走之后,就一直空着。"

"现在不空了,"他说,"我住在那儿,跟我的妈妈一起。"

这怎么可能呢? 汉娜疑惑道。有人搬到隔壁,我却不知道,这怎么可能呢?

昨天我就在这后面跟两个弟弟玩耍,她想,眼睛使劲盯着面前这个男孩。我敢肯定当时那房子是黑黢黢的,空无一人。

"你叫什么名字?"她问。

"丹尼,丹尼·安德森。"

汉娜把自己的名字告诉了他。"我想我们是邻居了,"她说,"我十二岁。你呢?"

　　"我也是，"他弯腰检查自己的自行车，然后他揪出卡在后轮辐条里的一簇青草，"我以前怎么从来没见过你？"他怀疑地问。

　　"我怎么从来没见过你？"汉娜回答。

　　他耸了耸肩，脸上泛起害羞的笑容，眼角皱起了鱼尾纹。

　　"那么，你是刚搬进来的吗？"汉娜问，一心想解开这个谜底。

　　"不。"他专心地摆弄他的自行车，漫不经心地回答。

　　"不是？那么你住在这里多久了？"汉娜问。

　　"有一阵子了。"

　　那不可能！汉娜想，不可能他搬进隔壁而我却不知道！

　　可是没等她作出反应，就听见家里有一个尖厉的声音在喊她。"汉娜！汉娜！赫伯不肯把我的玩具人给我！"比尔站在后门台阶上，倚靠着敞开的纱门。

　　"妈妈呢？"汉娜大声回答，"她会帮你拿回来的。"

　　"好吧。"

　　纱门重重地关上，比尔去找菲尔恰德夫人了。

　　汉娜转身想再跟丹尼说话，但他已经消失得无影无踪了。

3 给詹妮的信

邮件一般在上午送来。汉娜急切地冲到车道尽头，打开了信箱的盖子。

里面没有她的信，一封信也没有。

她很失望，匆匆回到自己的屋里，给她最好的朋友詹妮·佩斯写了一封责骂信。

亲爱的詹妮：

我希望你在夏令营里过得愉快，但是也别太愉快——因为你答应的事情没有做到。你说你会每天给我写信，结果到现在为止，我连一张该死的明信片都没有收到。

我的日子太无聊了，不知道该做什么！你无法想象，在绿林瀑布，周围没有朋友，实在是没有什么事情可做，简直就跟死了一样！

我看电视，读了许多书。你相信吗，我竟然把暑期书单上所有的书都读完了！爸爸答应带我们全家到米勒树林去野营——他几乎每个周末都加班，估计也去不成了。

真无聊啊！

昨天夜里，我实在太无聊了，就带两个双胞胎弟弟来到屋外，在车库后面生了一小堆篝火，假装我们是在野营，然后跟他们讲了一大堆恐怖的鬼故事。

我看出来两个孩子玩得很高兴，当然啦，他们自己是不肯承认的。但是你知道鬼故事总是让我产生幻觉。我开始看见树丛后面有怪影和怪物在活动。这真是太好玩了，我想，我竟然把自己给吓坏了。

不许笑，詹妮，你自己也不喜欢鬼故事的。

我这里只有一条新闻：隔壁多德森家的老房子里搬来了一个男孩。他叫丹尼，跟我们一样大，红头发，满脸雀斑，样子有点儿帅帅的。

我只见过他一次，也许以后我有他的更多情况可以汇报。

但是现在轮到你写信了，快写吧，詹妮。你答应过的。你在夏令营里有没有碰到帅哥？是不是因为这个，你才忙得没时间给我写信？

如果我收不到你的信，我就希望你全身都沾上毒漆——特别是在你自己挠不到的地方！

> 爱你的
>
> 汉娜

汉娜把信折起来，塞进一个信封。她的小书桌就在卧室的窗前，她靠在书桌上就能看到隔壁的房子。

不知道那是否就是丹尼的房间？她想，一边朝车道对面的那个窗户里窥望。窗户上拉着窗帘，挡住了她的视线。

汉娜站起身来，用发刷梳了梳头发，然后拿着信来到前门。

她听见妈妈在房子后面什么地方责骂两个弟弟。菲尔恰德夫人大声嚷嚷，两个男孩却在咯咯发笑。汉娜听见哗啦一声巨响，接着又是一阵咯咯咯的笑声。

"我出去一下！"她大喊一声，推开了纱门。

他们大概没有听见她的话，她想。

这是一个炎热的下午，一丝风也没有，空气里湿度很大。汉娜的爸爸前一天刚修剪过门前的草坪，汉娜顺着车道往前走，闻到了新剪过的青草的芬芳。

她扫了一眼丹尼家的房子，那里似乎没有生命的迹象，前门关着。客厅的大观景窗看上去黑糊糊的，什么也

没有。

汉娜决定走过三个街区，到镇上的邮局去寄信，她叹了口气。没有别的事可做啊，她闷闷不乐地想，走到镇上去至少可以消磨一些时间。

人行道上堆着割下来的碎草，已经由绿变黄了。汉娜轻轻哼着歌儿，经过昆蒂夫人的红砖房子。昆蒂夫人正俯着身子在花园里拔草。

"嗨，昆蒂夫人，你好吗?"汉娜喊道。

昆蒂夫人没有抬头。

真是个势利眼! 汉娜愤愤地想，我知道她听见了。

汉娜穿过马路，拐角那座房子里飘出了钢琴的声音。有人在练习一首古典乐曲，总是在同一个音符出错，然后再从头弹起。

幸好他们不是我的邻居，汉娜微笑着想。

她一路哼着歌儿，走到了镇上。

邮局的两层白楼矗立在小镇广场对面，因为没有风，它的旗子耷拉在旗杆上。广场周围有一家银行、一家理发店、一家小食品店，还有一家加油站。在广场后面还有几家别的店铺，哈德的冰激凌店，还有一家名叫"餐馆"的餐馆。

两个女人从食品店里走了出来。汉娜透过理发店的窗户，看见理发师厄尼坐在椅子里看一本杂志。

多么生动的场景，她摇着头想道。

汉娜穿过小镇广场中央的草地，把信扔进了邮局门口的邮筒。她转身回家——却突然停住了脚步，因为她听见了愤怒的叫喊声。

汉娜发现声音是从邮局后面传来的，一个男人在叫嚷。

汉娜接着又听见几个男孩的嚷嚷声。

她小跑着绕过邮局，朝发出愤怒声音的地方奔去。

就在她快跑到小巷口时，她听见了一声痛苦的刺耳尖叫。

4 大树投下的影子

"嘿——"汉娜大喊着跑了过去,"怎么回事?"

邮局后面有一条狭窄的巷子。这是一个比较隐蔽的地方,孩子们喜欢在这儿玩耍。

汉娜看见了邮差切斯内先生,他正怒气冲冲地朝一只瘦弱的棕色野狗摇晃着拳头。

小巷子里有三个男孩。汉娜认出了丹尼,他跟在两个汉娜不认识的男孩后面。

小狗耷拉着脑袋,轻声呜咽着。一个又瘦又高、乱蓬蓬的浅黄色头发的男孩俯下身去,轻轻抓住小狗抚慰着。

"不许朝我的狗扔石头!"男孩冲切斯内先生喊道。

另一个男孩上前一步,这是一个矮矮胖胖的孩子,看上去比较粗壮,一头粗硬的黑发。他气呼呼地瞪着切斯内先生,两只手在身边握成了拳头。

丹尼迟疑地退缩到一边，他脸色苍白，紧张地眯起眼睛。

"滚开！滚！我警告过你们！"切斯内先生咆哮道。他是一个瘦瘦的、红脸膛的男人，头顶全秃了，尖鼻子下面留着一撮茂密的褐色小胡子。虽然正值盛夏，他却穿着一件紧身的灰色羊毛衫。

"你没有权力伤害我的狗！"黄头发男孩毫不退缩地说，一边仍然抚慰着那只野狗。小狗疯狂地摇摆着它的秃尾巴，用舌头舔着男孩的手。

"这是公共财产，"邮差厉声回答，"我警告你们，赶紧离开这儿，这不是你们这些捣蛋鬼胡闹的地方。"他气势汹汹地朝三个男孩逼近一步。

汉娜看见丹尼后退了几步，脸上的表情很害怕。另外两个男孩没有退缩，不服气地瞪着红脸膛的邮差。汉娜发现他们是大男孩，比丹尼大，看上去要比丹尼年长几岁。

"我要告诉我爸爸你伤害小赖。"黄头发男孩说。

"告诉你爸爸你损坏公物，"切斯内先生厉声反驳，"再告诉他你粗暴无礼。还要告诉他，如果我再在这里抓住你们三个小流氓，就要提出起诉。"

"我们不是小流氓！"较胖的那个男孩气愤地嚷道。

然后，三个男孩都转过身，往小巷的另一头跑去。野

狗兴奋地绕来绕去地跟在他们身后，秃尾巴疯狂地摆动着。

切斯内先生气冲冲地走过汉娜身边，嘴里骂骂咧咧。他气得要命，嘟嘟地朝邮局的前门走去。

真是个怪人，汉娜摇着头想道，他到底是怎么回事？

绿林瀑布镇上的所有小孩子都讨厌切斯内先生，主要是因为他讨厌小孩子。他总是冲他们嚷嚷，不许他们在广场闲逛，不许他们放那么响的音乐，不许他们说话声音那么大，不许他们笑得那么厉害，不许他们走进他的宝贝小巷。

瞧他那副样子，就好像整个小镇都是他的。汉娜想。

万圣节的时候，汉娜和一伙朋友决定到切斯内先生家，给他的窗户喷上彩漆。然而他们大失所望，切斯内对万圣节搞恶作剧的人早有防备。他站在沿街的窗口严阵以待，手里拿着一杆巨大的猎枪。

汉娜和朋友们又失望又害怕，落荒而逃。

他知道我们大家多么讨厌他，汉娜想。

但他不在乎。

小巷里现在安静下来了。汉娜返身朝小镇广场走去，心里想着丹尼。他看上去那么害怕，脸色那么苍白，差不多就要融进耀眼的阳光里了。

丹尼的两个朋友却似乎一点儿也不害怕，汉娜想。他们看上去又生气又厉害，或者他们只是假装厉害，因为切斯内先生对黄头发男孩的小狗太粗暴了。

汉娜穿过广场，寻找人迹。在灯火通明的理发店里，厄尼仍然坐在理发椅里，把脸埋在一本杂志后面。一辆蓝色的旅行车驶进了车站，一个汉娜不认识的女人赶在银行还没关门时进去办事。

没有丹尼和他那两个朋友的影子。

我还是回家去看电视剧《野战医院》吧，汉娜叹了口气，想道。她穿过马路，慢吞吞地朝家里走去。

人行道两边种植着高大的树木，枫树、白桦树和美洲檫树。枝叶十分繁茂，几乎把阳光全都遮挡住了。

在树荫下面真凉爽，汉娜一边走一边想道。

走到街区的一半时，从一棵树后面闪出一个黑影。

汉娜起先以为是一棵大树投下的影子。接着，她的眼睛适应了昏暗的光线，那黑影变得清晰了。

汉娜倒吸一口冷气，停住了脚步。

她眯起眼睛，使劲地盯着他，想把他看个仔细。

他站在一片深蓝色的阴影里。一袭黑衣，身材修长，他的脸完全隐藏在黑暗中。

汉娜感到一丝凉意掠过她的全身。

他是谁？她想，他为什么穿成那样？

他为什么这样一动不动地站着，待在阴影里，从昏暗的树荫下面瞪着我？

难道他是想吓唬我吗？

他慢慢举起一只手，示意汉娜向他走近一点。

汉娜的心在胸膛里狂跳，她向后退了一步。

那儿真的有人吗？

一个穿黑衣服的人？

或者，我看到的只是树木投下的影子？

她不能肯定——然后她听见了低语声：

"汉娜……汉娜……"

声音干涩，像树叶发出的沙沙声，而且和树叶的声音一样微弱。

"汉娜……汉娜……"

一个修长的黑影，用枯瘦如柴的胳膊向她示意，轻声对她说话。声音那么干涩，简直不像人的声音。

"不！"汉娜大喊一声。

她转过身，没命地跑了起来。她双腿发软，膝盖似乎不会打弯了。

但她强迫自己跑起来，越跑越快。

越跑越快。

他在跟踪她吗？

5 特大新闻

汉娜呼哧呼哧地喘着粗气，没有停下来看看来往车辆就穿过了马路。她拼命地奔跑，运动鞋砰砰地撞击着人行道。

还有一个街区了。

他跟上来了吗？

她在树荫下奔跑，影子不断扭曲、变幻。影子互相交叠，互相盖过，黑影子上面是灰影子，灰影子上面是蓝影子。

"汉娜……汉娜……"干涩的耳语般的叫声。

像死亡一样干巴巴的。

从摇曳的阴影里呼唤着她。

他知道我的名字，汉娜想，一边大口地喘着粗气，强迫两条腿不停地摆动。

然后，她突然停住脚步。

转过身去。

"你是谁?"她上气不接下气地喊道，"你想干什么?"

然而，他已经消失了。

四下里一片寂静，汉娜感到只有自己粗重的呼吸声。

汉娜盯着暮色降临时那些缠绕的影子，她的眼睛扫过她住的那个街区一户户院子里的灌木丛和篱笆。她在房子间的缝隙中寻找，在一扇敞开的车库门后面寻找，在一个小棚子旁边的一片灰影里寻找。

不见了，消失了。

刚才那个低声呼唤她的名字、一袭黑衣的人影已经无处可寻。

"停——"她大声说道。

这是幻觉，她想，她的眼睛仍然警觉地审视着那些房子前的草坪。

不可能。

她跟自己争辩说。幻觉不可能呼唤你的名字。

那儿什么都没有，汉娜，她安慰自己。她的呼吸恢复了正常，那儿什么也没有。

你又在编鬼故事了，你又在自己吓唬自己了。

你太孤独、太无聊了，所以就让你的想象力信马由缰，失去了控制。

汉娜觉得平静了一些，小跑着回到家里。

吃晚饭的时候，她决定不跟爸爸妈妈提起那个黑影的事，反正他们也不会相信她。

汉娜跟他们说了隔壁新搬来的那户人家。

"什么？有人搬进了多德森家的房子？"菲尔恰德先生放下刀叉，透过角质边的方框眼镜，望着桌子对面的汉娜。

"有一个跟我一般大的男孩，"汉娜汇报道，"他叫丹尼，长着鲜艳的红头发，满脸雀斑。"

"不错。"菲尔恰德先生心不在焉地说，示意两个双胞胎男孩不要互相推推搡搡，赶紧吃饭。

汉娜甚至不能肯定妈妈是否听见了她的话。

"怎么他们搬进去，我们却没有看见呢？"汉娜问她爸爸，"你看见搬家公司的卡车什么的吗？"

"没有。"菲尔恰德先生咕哝了一句，拿起银餐具，继续吃他的烤鸡肉。

"那么，你不认为这很古怪吗？"汉娜问道。

可是，没等爸爸妈妈回答，赫伯的椅子往后一倒，脑袋撞到了地上，他顿时号叫起来。

爸爸妈妈赶紧从椅子里跳起来，弯腰去扶他。

"不是我推的!"比尔尖声叫道,"真的,不是我!"

爸爸妈妈对她的特大新闻不感兴趣,汉娜感到很失望。她把自己的盘子端到了厨房,然后慢慢走进自己的卧室。她来到书桌前,推开窗帘,朝窗外望去。

丹尼,你在家吗?她望着遮住了那扇漆黑窗户的窗帘,暗自问道,你此刻在做什么呢?

暑假的日子一天天地流逝,汉娜几乎不记得她的时间是怎么过的。如果有几个朋友在身边该多好啊,她愁闷地想道。

哪怕有一个朋友在身边!

哪怕有一个朋友给我写信。

多么孤独的暑假啊……

她寻找丹尼,但他似乎总是不在周围。有一天将近黄昏时分,她终于在他家后院看见了他,便赶紧跑过去跟他说话。"你好!"她兴奋地喊道。

他正往房子后面扔一个网球,扔出去的球弹回来他又接住。球撞在红木墙上,发出很响的咚的一声。

"你好!"汉娜又喊了一声,跑过草地。

丹尼吃惊地转过身来。"噢,你好。你怎么样?"他转向房子,继续扔球。

他穿着一件蓝色的T恤衫,下面是一条宽松的、黑色和黄色条纹相间的短裤。汉娜走到他身边。

咚。球撞在墙上的排水槽下方，弹回到丹尼手里。

"我在附近没看见你。"汉娜局促地说。

"哦。"他简单地答道。

咚。

"那天我在邮局后面看见你了。"汉娜脱口而出。

"什么?"他把球在手里转动着，没有扔出去。

"几天前，我看见你在小巷里，跟另外两个男孩在一起。切斯内先生真是个怪人，是吗?"汉娜说。

丹尼轻声笑了起来："他嚷嚷的时候，整个脑袋都变得通红，就像一个番茄。"

"一个烂番茄。"汉娜补充道。

"他到底是怎么回事?"丹尼问道，一边把球扔了出去，咚。"我和我的两个朋友——我们没做什么呀，只是在那儿逛逛。"

"他以为他是个了不起的大人物，"汉娜回答，"他总是吹嘘自己是联邦雇员。"

"是啊。"

"你这个暑假准备做什么?"她问，"像我一样闲逛吗?"

"差不多吧。"他说。咚，他没有接住球，只好追到车库那儿去捡球。

他走回房子时，使劲盯着她望，似乎第一次看见她。汉娜突然觉得有点难为情，她穿着一件胸前沾着葡萄汁的黄上衣，下面是一条最破旧邋遢的蓝色棉布短裤。

"那两个男孩，艾伦和弗莱德——我平常就跟他们一起玩，"丹尼对她说，"是学校的同学。"

咚。

他现在怎么会有朋友？汉娜纳闷道，他不是刚搬来的吗？

"你在哪儿上学？"汉娜问道。丹尼退后几步接球，汉娜赶紧闪到一边。

"枫树大道中学。"他回答。

咚。

"嘿，我也上那所学校！"汉娜惊叫起来。

我怎么从来没在学校见过他呢？她暗自疑惑。

"你认识艾伦·米勒吗？"丹尼转向她问道，用一只手遮在眼睛上方，遮挡下午的阳光。

汉娜摇了摇头："不认识。"

"弗莱德·德莱克呢？"他问。

"不认识，"她回答，"你在哪个年级？"

"今年上八年级。"说着，他又转身对着墙壁。

咚。

"我也是！"汉娜大声说，"你认识詹妮·佩斯吗？"

"不认识。"

"乔希·古德曼呢?"汉娜问。

丹尼摇了摇头,"不认识。"

"真奇怪。"汉娜说,皱着眉头思考着。

丹尼扔球扔得太使劲了,球落在了铺着灰色木瓦的倾斜的屋顶上。两人都注视着球落在屋顶,然后滚进了排水槽。丹尼叹了口气,抬头盯着排水槽,懊恼地做了个鬼脸。

"我们在同一个年级,以前却没见过,这怎么可能呢?"汉娜问道。

丹尼转向她,用一只手挠了挠红头发。"我不知道。"

"真奇怪!"汉娜又说了一遍。

丹尼走进房子深蓝色的阴影。汉娜眯起眼睛盯着,他似乎在那一大片长方形的阴影里消失了。

不可能!她想。

我应该在学校里见过他的。

如果我们在同一个年级,我不可能没见过他。

他在说谎?他在编故事?

他完全消失在了阴影里。汉娜使劲眯起眼睛,等着适应暗处的光线。

他在哪儿?汉娜问自己。

他总是失踪。

像一个幽灵。

一个幽灵，这个词在她脑海里跳进跳出。

丹尼再次出现时，拖着一把铝梯子，顺着房子的后墙走过来。

"你想做什么？"汉娜凑过去问道。

"拿我的球。"他回答道，然后便开始顺着梯子往上爬，白色的耐克鞋踏在窄窄的金属横档上。

汉娜靠得更近一些。"不能爬上去。"她说，内心突然感到一阵寒意。

"什么？"他低头喊道。他已经爬到梯子半腰了，脑袋几乎跟排水槽齐平。

"下来吧，丹尼。"汉娜心头突然袭来一阵恐惧。胸膛里有一种沉甸甸的感觉。

"我是个攀登高手，"丹尼说着，又往上爬了一些，"我什么都能爬。我妈妈说我应该去马戏团什么的。"

没等汉娜再说什么，丹尼就从梯子上爬上去，站在了倾斜的房顶上，他的两条腿分得很开，双手高高地举在空中。"看见了吗？"他得意地问。

汉娜无法摆脱那种不祥的预感和那种沉甸甸的恐惧感。

"丹尼——求求你！"

　　丹尼好像没有听见她尖厉的喊叫，弯腰去拿排水槽里的网球。

　　汉娜屏住呼吸，注视着丹尼去拿球。

　　突然，丹尼失去平衡，他惊讶得睁大了眼睛。

　　他的运动鞋在瓦上滑了一下，他的双手突然伸向半空，好像要去抓什么东西。

　　汉娜大吃一惊，绝望地注视着丹尼头朝下从房顶上栽了下来。

6 又是天气预报

汉娜大叫一声，闭上了眼睛。

我必须去找人帮忙，她想。

她的心怦怦狂跳，强迫自己睁开眼睛，在地面上搜寻丹尼。结果她吃惊地发现，丹尼就站在她面前，脸上挂着调皮的笑容。

"怎么?"汉娜惊讶地喘着气说，"你……你没事啊?"

丹尼点点头，脸上仍然笑嘻嘻的。

他一点声音都没有，汉娜使劲盯着他想道，他落地的时候竟没有发出任何声响。

她抓住丹尼的肩膀。"你没事吧?"

"没事，我挺好的，"丹尼平静地说，"我中间的名字是戴德威。丹尼·戴德威·安德森，我妈妈总是这么说。"他悠闲地把球在两只手里倒来倒去。

170

"你刚才把我吓死了!"汉娜大声说。她的恐惧变成了愤怒, "你为什么要那么做?"

丹尼只管哈哈大笑。

"你可能会摔死的!"汉娜对他说。

"不可能。"他轻声说。

汉娜没好气地看着他, 使劲盯着他那双褐色的眼睛。"你总是干那种危险的事吗? 从房顶上掉下来吓唬别人?"

丹尼脸上的笑意更明显了, 但他什么也没有说。他转过身, 把网球使劲朝墙上扔去。

咚。

"你是头朝下摔下来的,"汉娜说, "怎么会是双脚着地呢?"

丹尼轻轻笑了几声。"我有魔法。"他诡秘地说。

"可是……可是……"

"汉娜! 汉娜!"她一转身, 看见妈妈在后门廊叫她。

"怎么啦?"汉娜喊道。

咚。

"我要出去一个小时, 你能来照顾一下比尔和赫伯吗?"

汉娜转向丹尼。"我得走了, 再见。"

"再见。"丹尼回答, 布满雀斑的脸上绽开一个笑容。

咚。

汉娜穿过车道跑向家门，听见网球撞在红木墙上的声音，她眼前又一次浮现出丹尼从房顶上栽下来的情景。

他是怎么做到的呢？汉娜心里充满疑惑，他怎么会这样悄无声息地双脚着地呢？

"我就出去一个小时，"妈妈说，一边在包里翻找着车钥匙，"外面怎么样？据说今晚是多云有雨。"

又是天气预报，汉娜翻翻眼珠想道。

"想想办法，别让他们俩互相'残杀'。"菲尔恰德夫人说。钥匙终于找到了，她把手提包拉上。

"刚才是丹尼，"汉娜对妈妈说，"就是隔壁新来的那个男孩，你看见他了吗？"

"噢，噢，对不起。"菲尔恰德夫人匆匆朝门口走去。

"你没有看见他吗？"汉娜追问道。

纱门嘭的一声关上了。

比尔和赫伯出来了，把汉娜拖进他们的房间。"滑坡和梯子（一种儿童玩的棋类游戏。——译者注）!"比尔喊道。

"对啊，我们玩滑坡和梯子!"赫伯随声附和。

汉娜翻翻眼珠，她不喜欢那个游戏，太幼稚了。"好吧。"她叹了口气同意道，一屁股坐在他们面前的地毯上。

"好哇!"比尔高兴地大叫，一边打开了棋盘，"你也玩吗？"

"对，我也玩。"汉娜闷闷不乐地对他说。

"我们能作弊吗?"比尔问。

"对啊! 我们作弊吧!"赫伯笑嘻嘻且劲头十足地嚷道。

…………

吃过晚饭,双胞胎上楼去了,正为了谁最后一个洗澡在跟爸爸妈妈争吵。他们俩都讨厌洗澡,总是拼命想争取最后洗。

汉娜帮着收拾桌子,然后漫无目的地走进书房。她一边想着丹尼,一边朝窗口走去。

她把窗帘撩到一边,把额头贴在凉凉的窗玻璃上,目光越过车道望着丹尼家的房子。

太阳已经落到树丛后面去了,丹尼家的房子笼罩在黑黝黝、沉甸甸的阴影中,那些窗户都被窗帘和百叶窗遮得严严实实。

汉娜意识到其实她从来没见过那座房子里有人,她从没见过丹尼进出那座房子。

她从没见过任何人从那座房子里出来。

汉娜从窗口退回来,仔细思索。她想起她见到丹尼的那天早晨,就是他在后院把她撞倒的那天。她当时跟他说话——结果他就突然消失了。

汉娜想到丹尼如何消失在了他家房子侧面的阴影里,她如何必须使劲眯起眼睛才能看见他。她想到他看上去是

在地面飘浮，如何悄无声息地从房顶上落下来。

像幽灵一样悄无声息。

"汉娜，你在想些什么呀?"她责怪自己。

难道我又在编一个鬼故事吗?

她脑海里突然闪过那么多问题:丹尼和他家的人搬来的时候她怎么毫无察觉?她跟他在同一所学校、同一个年级，她竟然从没在那里见过他，这怎么可能?

她竟然不认识他的朋友，而他也不认识她的朋友，这怎么可能?

这一切太古怪了，汉娜想。

不是我想象出来的，不是我编造出来的。

如果丹尼真的是个幽灵怎么办?

唉，如果能有人聊聊天，能一起谈谈丹尼的事就好了。可是她的朋友眼下都不在家，而爸爸妈妈对这种荒唐的想法，肯定听都不要听。

我必须自己去证实，汉娜拿定了主意。我要研究他，我要以科学的态度解决问题。我要观察他，我要监视他。

对，我要监视他。

我要透过他家厨房的窗户往里看，她决定了。

她来到后门廊上，推开纱门，出去后又把门紧紧关上。这是一个温暖而静谧的夜晚，后院里，在宝蓝色的天空上，挂着一轮银白色的月亮。

汉娜大步流星地穿过自己家的后院，蟋蟀大声地叫了起来。丹尼家的房子就在前面，在夜空的衬托下，看上去矮矮的、黑压压的。

那把梯子仍然靠在后墙上。

汉娜穿过隔开两家院子的车道，她的心怦怦跳得厉害。她走过草地，踏上通向后门廊的三级低矮的水泥台阶。厨房的门是关着的。

她走到门边，把脸贴在窗户上，朝厨房里看去——她猛地倒吸了一口冷气。

7 时隐时现的黑影

汉娜倒吸了一口冷气，因为丹尼正从窗户的另一面盯着她呢。

"哦！"她失声喊道，差点儿从狭窄的门廊上倒栽下来。

屋内，丹尼的眼睛惊奇地睁得很大。

在丹尼身后，汉娜看见一张桌子，上面摆着几只鲜艳的黄盘子。一位头发金黄、身材苗条的女人——很可能是丹尼的妈妈——正把什么东西从微波炉里端出来放在操作台上。

房门突然开了，丹尼探出脑袋，脸上的表情仍然很惊讶。"你好，汉娜。出什么事了？"

"没什么，我……呃……真的没什么。"汉娜结结巴巴地说。她感觉到两个面颊火辣辣的，知道自己脸红了。

丹尼专注地盯着她的眼睛，他的嘴巴咧开一个微笑。"好吧，你想进来坐坐吗？"他问，"我妈妈在做饭，可是……"

"不！"汉娜喊了起来，声音实在太响了，"不了……我的意思是……我……"

我像个彻头彻尾的大傻瓜！汉娜心想。

她使劲咽了口唾沫，盯着丹尼笑嘻嘻的脸。

他在笑话我！

"再见！"她匆匆说了一句，就狼狈地跳下门廊，差点儿摔倒在地上。她头也不回地拔腿就跑，全速跑回自己家里。

我这辈子从来没有这么尴尬过！她难过地想。

从来没有！

第二天下午，汉娜看见丹尼从他家房子里出来，便赶紧躲在车库后面。她注视着丹尼推着自行车在车道上走远，感到面颊火辣辣的，又觉得难为情起来。

如果想当个侦探，就必须让自己特别冷静，她对自己说。昨天晚上，我不够冷静，我太紧张了。

这种事情再也不能发生了。

她注视着丹尼跨上自行车，挺直身子，朝大街上骑

去。汉娜把身子紧贴在车库墙上，等着看丹尼往哪个方向拐。然后，她匆匆跑进车库，搬出自己的自行车。

她看见丹尼是往镇上去了，大概去见那两个男孩了。我让他先走，然后我跟踪他，汉娜拿定了主意。

她把腿跨在自行车上，在街区车道尽头等着，注视着丹尼消失在下一个街区。

阳光从头顶的树枝间洒落下来，汉娜开始蹬车，速度很慢，稳稳地跟在丹尼后面。昆蒂夫人又像往常一样出来给花园锄草了，这次，汉娜没有跟她打招呼。

一只白色的小鬣狗追了她半个街区，兴奋地汪汪叫着，后来汉娜越骑越远，小鬣狗便不再追了。

学校操场出现了，几个孩子在角上的棒球场打垒球。汉娜寻找丹尼的身影，但他不在里面。

汉娜接着往前骑，进入了小镇，太阳照在她脸上暖乎乎的。她突然想起了詹妮，没准我今天就能收到她的信呢，她想。

她真希望詹妮能在身边帮她一起监视丹尼，她们俩肯定能成为一个很棒的侦探小组，汉娜确信。如果有詹妮在身边，她昨天晚上就不会那样失去冷静。

小镇广场出现了，白色小邮局上方的旗子在温暖的微风中猎猎飘扬。食品店门口停着几辆车，两个抱着食品袋的女人站在路边聊天。

汉娜刹住车，把脚放到地上。她用一只手架在眼睛上遮挡阳光，四处寻找着丹尼。

丹尼，你在哪儿？她想，你是跟你的朋友在一起吗？你去了哪里？

她骑车穿过绿草茵茵的小广场，往邮局去。自行车撞在马路牙子上，她没有停下，从邮局旁边拐进了那条小巷。

小巷里静悄悄的，空无一人。

"丹尼，你在哪儿？"她一遍遍地大声喊道，"你在哪儿？"

他刚才在我前面只隔一个街区，汉娜挠着短短的头发想道，莫非他又变成空气消失了？

她骑车回到广场，然后看了看哈德冰激凌店和"餐馆"。

没有丹尼的影子。

"汉娜，你这个侦探真够棒的！"她笑了起来。

她沮丧地叹了口气，掉过头来往家骑去。

快到家时，她看见了那个移动的影子。

他又来了！她想。

她调整一下挡速，蹬得更用力了。

她从眼角看见那道影子掠过昆蒂夫人家门前的草坪。

黑糊糊的身影悄无声息地在草地上向她飘来。

汉娜蹬得更快了。

他又来了，不是我的幻觉。

是真的。

那是什么呢？

她挺起身子，越蹬越快，越蹬越快。

可是那身影轻捷地朝她滑过来，速度也越来越快。

她转过身，看见他朝她张开了手臂。

她惊恐地抽了口冷气。

两条腿突然感觉像有一千磅重。

我……我没法动弹了！她想。

影子朝她扫过来，她感觉到了那突如其来的寒意。

木棍般的黑黢黢的手臂，从那个人形的影子里伸出来抓她。

他的脸——为什么我看不见他的脸？汉娜问自己，一边挣扎着让自己动起来。

影子挡住了明亮的阳光，在他下面，整个世界都变得黑暗了。

快动起来，快动起来。汉娜对自己说。

漆黑的影子伸着双臂，飘到了她身边。

汉娜惊恐地喘着气，看见一对红彤彤的眼睛像未熄灭的余烬一样，在黑暗中闪闪发亮。

"汉娜……"他小声说，"汉娜……"

他想把我怎么样?

汉娜拼命蹬自行车,可是她的腿不听使唤。

"汉娜……汉娜……"

这干巴巴的耳语声似乎要把她包围,把她笼罩在恐惧之中。

"汉娜……"

"不!"她觉得自己要摔倒,惊喊一声。

她挣扎着保持平衡。

太晚了。

她倒了下去,她无法控制自己。

"汉娜……汉娜……"

她伸出双手不让自己摔倒。

"哎哟!"她重重地侧身摔在地上,痛得叫了一声。

自行车倒在了她身上。

那个模糊的人影,睁着一对红彤彤的眼睛,凑上前来抓她。

"汉娜! 汉娜!"

8 不可告人的真相

"汉娜！汉娜！"

耳语变成了喊叫。

"汉娜！"

她身体一侧火辣辣地疼，她大口地喘着粗气。

"你想干吗？"她总算喊出声来，"放开我！求求你！"

"汉娜！是我！"

她抬起脑袋，看见丹尼站在她面前。丹尼双腿跨在自行车上，双手抓住把手，低头望着她，一脸关切的神情："汉娜，你没事吧？"

"那个影子——"汉娜喊道，觉得头晕目眩。

丹尼把自行车放倒在草地上，匆匆跑了过来。他搬起压在汉娜身上的自行车，支在身边。然后，他伸手来拉她的双手。"你没事吧？能站起来吗？我看着你摔倒的，你是被一块石头砸到了还是怎么着？"

"不是。"汉娜摇摇头，想使脑子清醒一些，"那个影子……他过来抓我，还……"

丹尼的表情变得迷惑不解。"什么？谁来抓你？"他的目光在周围扫了一圈，又回到汉娜身上。

"他知道我的名字，"汉娜上气不接下气地说，"不停地叫我，他跟着我。"

丹尼皱紧眉头端详着她。"你脑袋撞坏了吗？你感到晕不晕，汉娜？也许我应该去叫人来帮忙。"

"不用……我……什么……"她抬头望着丹尼，"你没有看见他吗？他穿着一身黑衣服，两只眼睛红彤彤的……"

丹尼摇摇头，仍然警惕地打量着她。"我只看见你，"他轻声说，"你骑得特别快，在草地上，我看见你摔倒了。"

"你没有看见一个穿黑衣服的人？一个男人，在后面追我？"

丹尼摇摇头。"街上没有别人，汉娜，只有我。"

"也许我的脑子确实撞坏了。"汉娜嘟囔道，双手举起来摸着短发。

丹尼伸出一只手。"你能站起来吗？你受伤了吗？"

"我……我想我能站起来。"汉娜由着丹尼把自己拉了

起来。

她的心仍然在怦怦地跳，整个身体都在微微发颤。她眯起眼睛，在那些房屋的前院搜寻，她的目光在那些老树投下的一大圈一大圈阴影间徘徊。

一个人也没有看见。

"你真的没有看见别人？"她声音很小地问。

丹尼摇摇头。"只看见你，我刚才就在那边看着。"他指着马路沿说。

"可是我以为……"她的声音低了下去，她感觉到自己的脸上在发烧。

这太难为情了，她想，他准会觉得我是个十足的大傻瓜。

接着她又想，也许我就是个大傻瓜！

"你当时骑得特别快，"丹尼说着，替她把自行车扶了起来，"这些树投下的影子太多了，你当时也许很害怕，所以你以为自己看见了一个穿黑衣服的人。"

"大概吧。"汉娜软弱无力地回答。

但她并不这么认为……

第二天下午，在蔚蓝的天空上，一片片白云掠过太阳的脸庞，汉娜顺着车道向信箱跑去。在街区的某个地方，一只狗在汪汪地叫。

她拉开盖子，急切地把手伸进去。

她的手拂过光光的金属表面。

没有信件，什么也没有。

她失望地叹了口气，把信箱重重地关上了，詹妮答应每天给她写信的。她已经走了好几个星期了，汉娜仍然连一张明信片都没有收到。

她的朋友们谁都没有给她写信。

汉娜没精打采地顺着车道往回走，扫了一眼丹尼家的房子，起居室的大窗玻璃里映着天上的白云。

汉娜不知道丹尼是否在家，自从昨天上午从自行车上摔下来之后，她就没有见到丹尼。

我的侦探活动进展不太顺利啊。她叹了口气。

汉娜又扫了一眼丹尼家的窗户，然后便顺着车道回家去了。

我要再给詹妮写一封信，她想，我必须跟她说说丹尼和那个吓人的黑影，还有最近发生的所有这些怪事。

她听见两个双胞胎弟弟在书房里吵吵闹闹，正为看哪一部动画片而争论不休，妈妈建议他们到外面去玩。

汉娜匆匆走到自己屋里，拿出纸和笔。屋里闷热，不透气，桌上扔着她的一堆脏衣服，她决定到外面去写信。

过了一会儿，她在前院中央的一棵大枫树下坐了下来。淡淡的白云在天空飘过，太阳努力穿透云层射来光芒。老枫树枝繁叶茂，给她投下一片宜人的清凉。

汉娜打了个哈欠，她昨天夜里睡得不好。也许我待会儿要打个小盹，她想，但是我先得把这封信写好。

她靠在结实的树干上，开始写道：

亲爱的詹妮：

你好吗？我真心希望你掉进湖里淹死了，因为那是你这么长时间不给我写信的唯一站得住脚的理由！

你怎么能这样把我抛弃在这里？明年夏天，我无论如何要跟你一起去参加夏令营。

这里的事情特别古怪。你还记得我跟你说过的隔壁搬来的那个男孩吗？他名叫丹尼·安德森，长得倒挺可爱的。红头发，满脸雀斑，有一双严肃的褐色眼睛。

不许笑哦，詹妮——我认为丹尼是个幽灵！

我听见你的笑声了，但我不在乎。等你回到绿林瀑布的时候，我就能拿到证据了。

求求你——别跟你们帐篷里的其他女生说你最好的朋友彻底疯掉了，请你先把这封信看完。到目前为止，我的证据如下：

第一，他的家人突然出现在隔壁的房子里。可我并没有看见他们搬进来，虽然我每天都在家。我爸爸妈妈也没有看见。

第二，丹尼说他上的是枫叶大街中学，还说他像我们一样也上八年级，但我们怎么从来没见过他？他跟两个我以前从没见过的男孩在一起玩，而且，我的朋友他一个也不认识。

第三，有时他会突然消失——呼！就不见了。不许笑！还有一次，他头朝下从房顶上掉下来，而且双脚着地竟然没有发出一点声音！我不是开玩笑，詹妮。

第四，昨天，一个可怕的影子在后面追我，我从自行车上摔了下来。我抬头一看，影子不见了，换成了丹尼站在那里。还有……

好了好了，这听起来已经特别荒唐了。我真希望你在这里，我能把事情解说得更清楚些。写在信里太可笑了，就好像我脑子真的坏掉了似的。

我知道你在笑话我。好吧，尽管笑吧。

也许我不会把这封信寄出去。我的意思是，我不想让你抓住这些笑柄，一辈子拿它们来取笑我。

好了，不说我了。

树林里怎么样啊？我希望你被蛇咬了，全身都肿了起来，所以我才没有收到你的来信。

不然，等你回来我要杀死你！真的！

写信！

爱你的

汉娜

汉娜大声打了个哈欠，把笔扔在地上。她往后靠在树干上，把信慢慢读了一遍。

寄出去是不是太疯狂了？她问自己。

不，我必须寄出去，必须跟别人说说这里发生的事。太古怪了，我必须让别人知道。

太阳终于冲破了云层，头顶上的大树在她膝头那封信上投下斑驳摇曳的影子。

汉娜抬头望着明亮的阳光——突然倒吸了一口冷气，因为她惊讶地看到有一张脸正瞪着她。

"丹尼——"

"你好，汉娜。"他轻声说。

汉娜眯起眼睛望着他。沐浴在阳光里，他整个身体都被耀眼的阳光镀了一道金色。

"我……我刚才没有看见你，"汉娜结结巴巴地说，"我不知道你在这儿。我……"

"把信给我，汉娜。"丹尼轻声而坚决地说，他伸出一只手来拿信。

"什么？你说什么？"

"把信给我，"丹尼又说了一遍，口气更坚决了，"快把它给我，汉娜。"

汉娜把信紧紧抓在手里，抬眼瞪着他。她必须把眼睛遮挡一下，耀眼的阳光似乎把丹尼照透了。

丹尼站在她身前，一只手伸过来。"信，快把它给我。"他不依不饶地说。

"可是……为什么？"汉娜用很小的声音问。

"我不能让你把它寄走。"丹尼对她说。

"为什么，丹尼？这是我的信，我为什么不能把它寄给我的朋友？"

"因为你发现了我的真相，"他说，"我绝对不能让你把这告诉别人。"

9 噩 梦 醒 来

"果然，我说的没错，"汉娜轻声说，"你是个幽灵。"

她打了个寒战，全身袭来一阵恐惧的寒意。

你是什么时候死的，丹尼？

你为什么在这里？为了纠缠我吗？

你想把我怎么样？

这些令人恐惧的问题飞快地在她脑海里闪过。

"把信给我，汉娜，"丹尼坚决地说，"不能让人看见，不能让人知道。"

"可是，丹尼……"汉娜抬头看着他。抬头看着一个幽灵。

金色的阳光照耀在他身上，他看上去忽而清晰忽而模糊。

汉娜举起一只手挡在眼睛上。

他变得太明亮了，令人无法直视。

"你想把我怎么样，丹尼?"汉娜问道，紧紧地闭上了眼睛，"你现在想把我怎么样呢?"

他没有回答。

等汉娜睁开眼睛，面前却不是一张脸，而是两张脸。

两张笑嘻嘻的脸。

她的两个双胞胎弟弟指着她哈哈大笑。"你睡着了。"比尔说。

"你在打呼噜。"赫伯告诉她。

"什么?"汉娜眨了眨眼睛，想尽力理清头绪。她的脖子发僵，后背酸痛。

"你是这样打呼噜的。"赫伯说着，发出几声难听的呼哧呼哧的声音。

两个男孩跌倒在草地上，放声大笑。他们滚到对方身上，开始了一场即兴的摔跤比赛。

"我做了个噩梦。"汉娜更像是自言自语，而不是对两个弟弟说，他们根本没有听她说话。

她从地上站起来，把双臂举过头顶，想活动一下发僵的脖子。"哎哟。"真不应该靠在树上就睡着了。

汉娜朝丹尼家的房子望去。那个梦太逼真了，她想，感到后背上掠过一丝寒意，太令人害怕了。

"谢谢你们把我叫醒。"她对两个弟弟说。他们没有听

见，正忙着往后院跑去。

汉娜弯腰捡起那封信，把它对折起来，踏着草地朝大门走去。

有时候梦是真的，她想并感到两个肩膀仍然隐隐酸痛，有时候梦会告诉你一些你无法知道的事情。

我一定要弄清丹尼的真相。她暗暗发誓。

我要弄清真相，即使那会要了我的命。

第二天晚上，汉娜决定去看看丹尼在不在家。说不定他愿意散步到哈德小店，买两个冰激凌球，她想。

她跟妈妈说了她要去哪里，然后便穿过后院。

雨下了整整一天，青草闪着湿漉漉的光，她的运动鞋踩在地上，潮湿而泥泞。在一团团乌云上空，升起了一轮苍白的弯月。夜晚的空气湿度很大，拂在脸上有点儿刺痛。

汉娜穿过车道，在离丹尼家后院几米远的地方迟疑地停下脚步。一束朦胧的橙黄色的光从窗户里透出来，映在后门上。

她想起几天前的那个夜晚，她站在这扇门前，正好丹尼打开了门，她想不出该说什么好，当时真是尴尬得要命。

至少这次我知道自己要说什么，她想。

汉娜深深吸了口气，走进了门廊上的那方亮光，她敲了敲厨房门上的那扇窗户。

她仔细听着，房间里静悄悄的。

她又敲了敲。

没有声音，没有走过来开门的脚步声。

她探身上前，朝厨房里窥望。

"哦!"汉娜吃惊地喊了出来。

丹尼的妈妈坐在黄色的厨房桌旁，背对着汉娜，她的头发在吊在天花板上的低矮电灯的照射下闪着光泽。她两只手捧着一只冒着热气的白色咖啡杯。

她为什么不来开门？汉娜心想。

汉娜迟疑了一会儿，然后举起拳头，重重地敲门，连敲了好几下。

她透过窗户，看见丹尼的妈妈对敲门声毫无反应。她把白色咖啡杯举到唇边，慢慢喝了一口，仍然背对着汉娜。

"快开门!"汉娜大声喊道。

她又使劲敲门，喊道："安德森夫人! 安德森夫人! 是我——汉娜! 住在隔壁的!"

在那束圆锥形的灯光下，丹尼的妈妈把白色咖啡杯放在黄色的桌子上。她并没有转过身来，而是依然坐在椅子里一动不动。

"安德森夫人——"

汉娜本想举手再敲门，然而却泄气地把手放了下来。

她为什么听不见我的声音？汉娜想道，一边注视着那个女人消瘦的肩膀，注视着她富有光泽的头发垂到她上衣的领子下面。

她为什么不来开门？

突然，汉娜打了个哆嗦，回答了自己的问题。

我知道她为什么听不见我的声音了，汉娜想着，从窗口连连后退。

我知道她为什么不来开门了。

汉娜完全被恐惧压垮了，她发出一声低低的呻吟，并迅速从那方光亮中退出来。她退出门廊，退进了黑暗的安全地带。

10 哈德冰激凌店

汉娜全身发抖，用双臂抱住自己的胸口，好像要保护自己，抵挡那些恐怖的念头。

安德森夫人听不见我的声音，因为她不是真人，汉娜想。

她不是真人，她是个幽灵。

就像丹尼一样。

一个幽灵家庭搬到了我的隔壁。

而我站在这里，站在这漆黑的后院里，想来监视一个根本没有生命的男孩！我站在这里，瑟瑟颤抖，因恐惧而浑身发冷，想来证实我已经十拿九稳的事情。他是个幽灵，他妈妈也是个幽灵。

而我……我……

厨房的灯光熄灭了，现在丹尼家房子的后面一片漆黑。

那一轮弯月射出苍白的清辉，照在湿漉漉、亮晶晶的草地上。汉娜站在那里，倾听着周围的一片寂静，拼命抵挡着那些挤满她脑海的恐怖的念头，最后她觉得自己的脑袋都快爆炸了。

丹尼在哪儿呢？她想。

她穿过车道，朝自己家走去。她听见书房里开着的电视机传来音乐声和说话声，她听见两个双胞胎弟弟的笑声从楼上他们房间的窗口飘出来。

幽灵，她一边想，一边凝视着楼上亮灯的窗户，它们就像两只闪闪发亮的眼睛盯着她看。

幽灵。

我不相信世界上有幽灵！

想到这点，她觉得不那么害怕了。她突然觉得嗓子发干，夜晚的空气贴在她的皮肤上热烘烘、黏糊糊的。

她又想起了冰激凌。到哈德小店去买一个双球冰激凌，这是一个多么美妙的主意啊，曲奇加奶油，汉娜想。她好像已经尝到了那种美味。

她匆匆走进家里，告诉爸爸妈妈她要步行到镇上去。在镶着深色木板的书房的门口，她停住了脚步。爸爸妈妈被笼罩在电视机屏幕的亮光里，他们询问地转向汉娜。

"什么事呀，汉娜？"

她突然有一种冲动，想把一切都告诉他们，她真的这么做了。

"隔壁的那家人，他们不是活人，"她不管不顾地说着，"他们是幽灵。你们知道丹尼吧？就是那个跟我一般大的男孩？他是个幽灵。我知道他是！还有他妈妈……"

"汉娜，求求你——我们想看电视呢。"爸爸说着，用手里那罐无糖可乐指了指电视机。

他们不相信我的话，汉娜想。

接着她又责怪自己：他们当然不相信我的话，谁会相信这么荒唐的故事呢？

回到自己的房间，她从钱包里取出一张五美元的钞票，塞进了短裤口袋。然后她梳了梳头发，对着镜子端详着自己的脸。

我看上去一切正常，她想，不像是个疯子。

她的头发被夜晚的空气打得湿漉漉的。也许我应该把头发留长，她想，一边注视着头发落下来，拢在她的脸庞周围。这个夏天，我应该有点东西可以秀一秀！

她朝前门走去时，突然听见头顶上传来响亮的撞击声。两个弟弟肯定又在他们的房间里摔跤了，她想着，无奈地摇了摇头。

她重新来到温暖而潮湿的黑暗中，跑过门前的草地，走上人行道，然后朝小镇上的哈德冰激凌店走去。

高高的、古色古香的路灯，在马路上投下一圈圈蓝白色的灯光。汉娜在人行道的树木下行走，一阵阵温柔的微风吹得树叶婆娑颤抖，发出沙沙的响声。

人行道上的幽灵，她打了个哆嗦想道，它们似乎伸着长满叶子的手臂来抓她呢。

快到小镇时，一种奇怪的恐惧感袭上她的心头。她经过邮局时加快了脚步，邮局的窗户像夜空一样漆黑。

她看到小镇广场上空荡荡的，还不到八点钟呢，镇上就没有汽车了，路上也不见一个行人。

"一个多么老土的小镇！"她压低声音嘟囔道。

到了银行后面，她拐进了榆树街。哈德冰激凌店就在下一个街角，橱窗里装饰着特大的红色霓虹灯冰激凌球，在人行道上投下一道红光。

至少哈德小店天黑后还开着，汉娜想道。

走近小店时，她看见小店的玻璃门热情地敞开着。

她在离门几英尺远的地方停住了脚步。

一阵恐惧如排山倒海一般袭来。虽然这个夜晚很闷热，她却感到浑身发冷，两个膝盖在颤抖。

怎么回事？她很纳闷，我为什么感觉这么奇怪？

她透过闪亮的红色霓虹灯冰激凌球望着敞开的店门，

这时一个人影冲了出来。

后面还跟着一个，又跟着一个。

他们跑进灯光里，一个个害怕得脸都绷紧了。

汉娜吃惊地望着他们，认出了最前面的那个是丹尼，后面跟着艾伦和弗莱德。

他们每人面前都举着一份冰激凌球。

他们跑出小店，猫着腰，似乎正以最快的速度拼命奔跑。他们的运动鞋踏在人行道上，发出响亮的声音。

汉娜听出小店里传出愤怒的吼叫声。

她不自觉地凑到了门口。

她仍然能听见三个男孩远去的脚步声，但是黑暗中已经看不见他们的身影。

她转过身——觉得后面有什么东西狠狠地朝她打来。

"哦!"她大喊一声，重重地摔倒在坚硬的人行道上。

11 免费冰激凌

汉娜的胳膊肘和膝盖着地，重重地摔在人行道上，她摔得上气不接下气。

全身一阵剧痛。

怎么回事?

什么东西打了我?

她使劲喘着粗气，抬起头来，正好看见哈德先生从她身边奔了过去。他扯开嗓门大喊大叫，让那三个男孩停住。

汉娜慢慢地站起身来。哎哟! 她想，哈德真是气疯了!

她把身体站直，光裸的膝盖一跳一跳地疼，心脏仍然跳得像打鼓一样，她气呼呼地望着小店老板的身影。

他把我打倒了，至少应该说声"对不起"吧。汉娜气

200

愤地想。

她俯下身，就着冰激凌店的灯光查看自己的膝盖，是不是摔伤了？

还好，只是擦破点皮。

她掸了掸短裤上的泥土，抬头看见哈德先生匆匆赶回小店。他是个矮胖子，粉红色的圆脸膛周围是一圈白色的卷发。一条长长的白围裙系在腰间，走起路来在风中飘摆，他的两个拳头在身体两侧摆动。

汉娜赶紧退出灯光，躲在一棵大树后面。

几秒钟后，她听见哈德先生回到了柜台后面，大声跟他妻子抱怨。"这些孩子是怎么回事？"他粗声粗气地说，"他们拿了冰激凌，没付钱就跑了？他们有没有爹妈？有没有人教他们懂点规矩？"

哈德夫人喃喃地说了几句什么，安慰自己的丈夫，汉娜听不清她的话。

空气中充满了哈德先生愤怒的吼叫，汉娜悄悄从树后面溜出来，朝着三个男孩逃走的方向，匆匆走开了。

丹尼和他的朋友为什么要搞愚蠢的恶作剧呢？她想，如果被抓住怎么办？犯得着为了一个冰激凌球而被逮捕，被警察记上一笔吗？

走到街区一半的时候，她还能听见哈德先生在自己小

店里怒气冲冲地咆哮。汉娜跑了起来，想摆脱他那愤怒的声音，左膝盖有点疼。

空气突然变得闷热、潮湿，令人窒息，几绺汗湿的头发贴在她的脑门儿上。

她眼前出现丹尼一只手里拿着冰激凌球从小店里跑出来的情景，她眼前出现丹尼逃跑时脸上惊惶的表情。她眼前出现艾伦和弗莱德跟在他后面，运动鞋重重踏在人行道上，匆匆逃走的情景。

而现在她也在奔跑，她不知道这是为什么。

刚才蹭破的左膝盖仍然在疼，她已经离开了小镇广场，正跑过那些漆黑的房屋和草坪。

她拐过一个街角，路灯在她周围投下一道圆锥形的灯光。又是一些房屋，有几户人家的门廊上亮着灯，街上没有行人。

多么乏味的一个小镇啊，她又想道。

突然，她看见了那三个男孩，便猛地停住脚步。他们就在这个街区，挤缩在一道高高的、墙壁般的篱笆后面。

"喂——你们这些家伙！"她的声音像耳语一样。

她在马路这边快步朝他们走去。等靠近一些时，她看见他们在一起说说笑笑，美美地享受那些冰激凌球。

他们没有看见她，汉娜在马路这边的阴影里小心地往前走。她在暗处越走离他们越近，最后来到他们对面的院子里，藏在一簇常绿灌木丛中。

弗莱德和艾伦在推推搡搡地嬉闹，享受他们从小店老板那儿得手的喜悦。丹尼在他们身后独自站着，靠在高高的篱笆上，默默地舔着他的冰激凌。

"哈德今天晚上搞活动，"艾伦大声宣布，"免费供应冰激凌！"

弗莱德粗声大笑，重重地拍着艾伦的后背。

两个男孩转向丹尼，路灯的灯光照得他们的脸惨白发绿。"你看上去真的吓坏了，"艾伦对丹尼说，"我还以为你要把你的肠子都吐出来呢。"

"咳，才不会呢，"丹尼一口否认，"我是第一个跑出来的，不是吗？你们俩动作太慢了，我还以为我要回去救你们呢。"

"是啊，那还用说。"弗莱德讽刺地回答。

丹尼是假装厉害，汉娜想，他努力使自己显得跟他们一样。

"真是挺过瘾的。"丹尼说着，把剩下来的冰激凌球扔进了篱笆，"不过，恐怕我们最好还是小心点儿，你们知道，这一阵先别在这附近活动了。"

"嘿，我们又不是抢了银行什么的，"艾伦说，"不过就是个冰激凌。"

弗莱德对艾伦说了句什么，汉娜没有听见。两个男孩又开始摔跤，发出尖厉的咯咯笑声。

　　"喂，伙计们，声音小点，"丹尼警告道，"我是说……"

　　"我们再回哈德小店去吧，"艾伦建议道，"我想得手两次！"

　　弗莱德粗声大笑，跟艾伦来了一个举手击掌，丹尼也跟着大笑起来。

　　"喂，伙计们，我们该走了。"丹尼说。

　　没等他的两个朋友回答，马路上突然出现一片亮光。

　　汉娜一转身，看见两道耀眼的白光朝他们逼近。

　　车灯。

　　是警察。汉娜想。

　　他们被抓住了，他们三个都被抓住了。

12 黑影挡住了去路

车子停下了。

汉娜躲在灌木丛后面往外看。

"喂，你们这些孩子……"司机用粗暴的声音朝三个男孩喊道，他把脑袋从车窗里探出来。

不是警察，汉娜想，一块石头落地，她轻松地舒了口气。

三个男孩靠在篱笆上一动不动。在路灯昏暗的光线下，汉娜看见司机是个上了年纪的男人，头发花白，戴着眼镜。

"我们什么也没干，只是闲聊天。"弗莱德大声对男人说。

"你们有谁知道去——一二街怎么走？"男人问。车里的灯亮了，汉娜看见男人手里拿着一张地图。

弗莱德和艾伦笑了起来，是如释重负的笑。丹尼还是盯着司机，脸上的表情仍然很害怕。

"一一二街?"那人又说了一遍。

"中央大道拐过去就是一一二街，"艾伦告诉那人，一边指着汽车前面的方向，"开过去两个街区，然后往右拐。"

车里的灯灭了，那人谢过他们，继续赶路。

三个男孩注视着汽车消失在黑暗中。弗莱德和艾伦又互相举手击掌，然后弗莱德把艾伦推进了篱笆，他们都笑得有点疯疯癫癫。

"哟，快看我们是在哪儿。"艾伦吃惊地说。

三个男孩转向车道，躲在马路对面的汉娜，也循着他们的视线望去。

篱笆尽头的一根柱子上，竖着一只高高的木头信箱。信箱顶上有一个人工雕刻的天鹅脑袋，信箱两侧伸出一对优雅的翅膀。

"是切斯内家的房子，"艾伦说着，顺着篱笆朝信箱走去，他用两只手抓住天鹅翅膀，"你们相信吗，居然有这种信箱?"

"是切斯内自己雕刻的，"弗莱德讥笑着说，"真是个呆子。"

"这是他的快乐和骄傲，"艾伦讥笑道，他拉开信箱的盖子，朝里面看了看，"空的。"

"谁会给他写信呢？"丹尼大声说，努力使自己的声音像两个朋友一样霸道。

"嘿，我想起一个主意，丹尼。"弗莱德说。他走到丹尼身后，把他往信箱那儿推。

"哎哟!"丹尼反抗道。

可是弗莱德只管把他推向信箱。"让我们看看你有多厉害。"弗莱德说。

"喂，等等!"丹尼喊道。

汉娜从低矮的灌木丛后面探出身来。"噢，糟糕，"她低声对自己说，"他们现在又想做什么？"

"把信箱摘掉，"她听见艾伦在命令丹尼，"我谅你不敢。"

"我们谅你不敢，"弗莱德也跟着说道，"还记得你跟我们说过挑战的事吗，丹尼？你说你总是接受挑战的。"

"是啊，你对我们说你总是接受挑战的。"艾伦笑嘻嘻地说。

丹尼迟疑着："可是，我……"

一种沉重的恐惧感在汉娜内心深处凝聚。她注视着丹尼一步步走向切斯内先生手工雕刻的信箱，突然产生了一种不祥的预感——她预感到即将发生一件特别可怕的事

情。

我必须阻止他们。她拿定了主意。

她深深吸了口气，从灌木丛后面走了出来。

就在她准备跟他们说话时，四周突然一片漆黑。

"喂——"她大声喊道。

怎么回事？

她的第一个念头是路灯灭了。

接着汉娜看见两个红彤彤的圆球在她面前闪闪发亮。

两只红彤彤的眼睛，周围都是黑暗。

那个人影在她面前几英寸的地方浮现。

她想尖叫，可是她的声音被那人影沉甸甸的黑暗盖住了。

她想逃跑，可是那黑影挡住了她的去路。

两只红彤彤的眼睛直瞪着她。

越来越近，越来越近。

他要抓住我了，汉娜想。

13 黑暗聚拢过来

"汉娜……"他用耳语般的声音说,"汉娜……"

离得这么近,汉娜甚至能闻到他喷出的热烘烘的口臭。

"汉娜……汉娜……"他的低语带有枯叶一般的咔咔声。

红彤彤的眼睛像着了火一样,汉娜觉得周围的黑暗聚拢过来,把她包裹得严严实实。

"求求你——"她只能勉强发出这几个字。

"汉娜……"

突然,灯光回来了。

汉娜眨眨眼睛,努力调整着呼吸。

恶臭的气味还留在她鼻孔里,但街上已经亮了。

车灯的光朝她照射过来。

他——他不见了，汉娜想，灯光把那个黑影赶走了。

但他还会回来吗？

汽车开过去了，汉娜一屁股坐在低矮的常绿灌木丛后面的地上，呼哧呼哧地喘着粗气。当她抬起头来时，三个男孩仍然挤在切斯内先生的篱笆跟前。

"我们走吧。"丹尼催促他们。

"不行，还没完事儿呢，"艾伦说着，上前一步，挡住丹尼的去路，"你忘记我们的挑战了。"

弗莱德把丹尼往信箱那儿推。"快去吧，快去把它摘下来。"

"喂，等等，"丹尼转过身来，"我从没说过我要这么做。"

"我问你敢不敢摘掉切斯内的信箱，"弗莱德对他说，"记得吗？你跟我们说过你总是接受挑战的。"

艾伦笑了起来。"切斯内明天早晨出来一看，会以为他的天鹅飞走了。"

"不，等等……"丹尼使劲反抗，"也许这是个馊主意。"

"这个主意很棒，切斯内是个讨厌鬼，"艾伦不依不饶地说，"绿林瀑布的人都把他恨得要死。"

"摘掉他的信箱，丹尼，"弗莱德怂恿道，"把它拔出来，快，我看你敢不敢。"

“不，我……”丹尼想往后退，可是弗莱德在后面抓住他的两个肩膀。

“你是个胆小鬼?”艾伦故意激他。

“快看这个胆小鬼，”弗莱德模仿小婴儿的声音说，“咕咕，咕咕。”

“我才不是胆小鬼呢。”丹尼气呼呼地反驳道。

“那就证明给我们看，”艾伦要求道，他抓住丹尼的两只手，举到信箱两边伸出的木雕翅膀上，“快点，证明给我们看。”

“多么滑稽啊!”弗莱德大声说，“镇上的邮差——他自己的信箱却飞走了。”

别这么做，丹尼，汉娜躲藏在马路对面的暗处，默默地劝阻道。求求你——别这么做。

又一辆车开了过来，车灯射出亮光，三个孩子从信箱前退了回去。汽车没有减速，径直开了过去。

“我们走吧，天色不早了。”汉娜听见丹尼说。

但是弗莱德和艾伦不肯罢休，他们取笑他，刺激他。

汉娜盯着路灯投下的白色灯光，看见丹尼走到切斯内的信箱前，抓住了那一对翅膀。

“丹尼，等等!”汉娜喊道。

丹尼似乎没有听见。

他使劲吼了一声，开始拔那对翅膀。

没有拔动。

他把双手放到下面的柱子上，紧紧抓住信箱下面一点的地方。

他又使劲往上拔。

"埋得挺深的，"他对艾伦和弗莱德说，"我恐怕拔不动。"

"再试试。"艾伦催促道。

"我们来帮你。"弗莱德说着，把两只手放在丹尼双手上方的信箱上。

"我们三个一起拔，"艾伦催促道，"我数到三。"

"如果我是你们，就不会这么做！"他们身后传来一个粗哑的声音。

三个男孩一扭头，切斯内先生在车道上狠狠地瞪着他们，脸气得皱成了一团。

14 抓狂的小镇邮差

切斯内先生抓住丹尼的肩膀，把他从信箱那儿揪走了。

天鹅的一只木头翅膀被丹尼的双手扯了下来。切斯内先生把丹尼拽开时，翅膀掉到了地上。

"你们这些小流氓！"切斯内先生气得结结巴巴，眼睛瞪得溜圆，"你们……你们……"

"放开他！"汉娜在马路对面尖叫道，但是恐惧使她的声音发闷，她的喊叫低得像耳语一般。

丹尼大声哼了一下，从那个人手里挣脱出来。

三个男孩二话不说，撒腿就跑，顺着黑黢黢的马路中间往前跑，运动鞋在路面上发出响亮的撞击声。

"我会记住你们的！"切斯内先生冲着他们的背影嚷道，"我会记住你们的！我还会看见你们的！下次，让你

213

们尝尝我的枪子儿!"

汉娜注视着切斯内先生,只见他弯腰捡起折断的天鹅翅膀。他仔细看看木翅膀,气恼地摇了摇头。

汉娜跑了起来,她藏在前院的阴影里,藏在篱笆和低矮的灌木丛后面,朝着丹尼和他的朋友离开的方向追去。

她看见三个男孩拐过一个街角,不停地往前跑。她远远地尾随着,跟着他们穿过小镇广场,广场上仍然黑黢黢的,空无一人。就连哈德冰激凌店也已经关门,小店在亮闪闪的霓虹灯橱窗后面一片漆黑。

两只狗在他们前面穿过马路。这是两只瘦瘦高高的难看的野狗,身上的毛乱蓬蓬的,它们慢悠悠地跑着,进行每天夜里的散步。三个男孩跑过时,两只狗连头都没抬一下。

下一个街区走了一半,汉娜看见弗莱德和艾伦倒在一棵黑糊糊的树下,他们四肢摊开躺在地上,冲着天空咯咯地傻笑。

丹尼靠在粗壮的树干上,大声地喘着粗气。

弗莱德和艾伦笑得停不下来。"你们看见那个傻翅膀掉下来的时候他脸上的表情了吗?"弗莱德大声说。

"我觉得他的眼珠子都快要凸出来了!"艾伦开心地嚷道,"我觉得他的脑袋都快要爆炸了!"

214

丹尼没有跟他们一起笑，他用一只手揉着自己的右肩膀。"他抓住我的时候把我的肩膀捏得好痛。"他呻吟着说。

"你应该起诉他！"艾伦建议道。

他和弗莱德开怀大笑，从地上坐起来互相举手击掌。

"不开玩笑，真的，"丹尼轻声说，仍然揉着自己的肩膀，"他真的捏疼我了。他把我推到一边的时候，我还以为……"

"真是个讨厌鬼。"弗莱德摇着头说。

"我们必须找他算账，"艾伦也跟着说道，"我们必须……"

"也许我们以后不能再上这儿来了，"丹尼仍然气喘吁吁地说，"你们听见他的话了，他说要把枪拿出来。"

另外两个男孩轻蔑地大笑起来。"是啊，那还用说，他肯定会拿着一杆枪来追我们。"艾伦讥笑道，从乱蓬蓬的头发里掸去一些新割的碎草。

"尊敬的小镇邮差朝无辜的孩子开枪，"弗莱德轻声笑着说，"不可能。他只是想吓唬我们——对吗，丹尼？"

丹尼不再揉他的肩膀，他皱着眉头，垂眼看着仍然坐在草地上的艾伦和弗莱德。"我不知道。"

"噢噢，丹尼被吓坏了！"弗莱德喊道。

"你不会被那个老怪物吓坏的，是不是？"艾伦问道，

"他抓你的肩膀并不能说明……"

"我不知道,"丹尼气愤地打断了他,"我觉得那个老家伙完全失控了。他气得要命!我的意思是,他为了保护他的宝贝信箱,说不定会朝我们开枪的。"

"我敢说我们还能让他气得更厉害一些。"艾伦轻声说,一边从地上站起来,专注地盯着丹尼。

"是啊,我们肯定能。"弗莱德笑嘻嘻地赞同道。

"除非你是个胆小鬼,丹尼。"艾伦说着,一步步逼近丹尼,语气里透着威胁。

"我……天色不早了,"丹尼说,想在黑暗中看看手表,"我答应我妈妈要回家的。"

弗莱德从地上站起来,走到艾伦身边。"我们应该给切斯内一个教训。"他一边说,一边掸去牛仔裤屁股上的碎草片,一双眼睛在昏暗的光线里闪着不怀好意的光,"我们应该好好教训他一下,不许再跟无辜的孩子过不去。"

"是啊,你说得对,"艾伦赞同道,眼睛却看着丹尼,"我的意思是,他伤害了丹尼,他没有权力那样抓他。"

"我必须回家了,明天见吧。"丹尼说着,挥了挥手。

"好吧,再见。"弗莱德在后面喊道。

"至少我们今晚吃到了免费冰激凌!"艾伦喊道。

丹尼飞快地走远了，汉娜还听见艾伦和弗莱德在那里扯着嗓门尖声大笑。

免费冰激凌，汉娜想道，皱起了眉头。这两个男孩真是在找麻烦呢。

她无法控制自己，她必须跟丹尼说点什么。"喂!"她喊道，一边跑过去追他。

丹尼转过身来，吃了一惊。"汉娜，你在这儿做什么?"

"我……我跟踪你来着，从冰激凌店一直跟到这里。"汉娜坦白道。

他傻笑了一下。"你什么都看见了?"

汉娜点点头。"你为什么跟那两个家伙混在一起?"她问道。

丹尼皱起眉头，避开她的目光，加快了脚步。"他们挺好的。"他轻声说。

"他们总有一天会惹出大麻烦来的，"汉娜说，"真的。"

丹尼耸了耸肩。"他们只是粗野一点，觉得这样很酷，实际上他们并不坏。"

"可是他们偷冰激凌球，还……"汉娜觉得用不着再说下去了。

他们默默地穿过马路。

汉娜抬起头，看见那一轮苍白的月亮消失在了乌云后面。街道上更黑暗了，树叶轻轻摇曳，把沙沙的低语声送向四面八方。

丹尼冲着人行道上的一块石子儿踢了一脚，石子儿轻轻滚进了草丛里。

汉娜突然想起当天晚上她到丹尼家里去找他的事。她刚才看见他们偷冰激凌，又看见他们破坏切斯内先生的信箱，可她却将在丹尼家后门廊上发生的事情忘到了脑后。

"我……我今晚到你家去了，"汉娜迟疑地开口说道，"在我去小镇之前。"

丹尼停住脚步，转过身来，盯住汉娜的眼睛。"是吗?"

"我想也许你愿意到镇上去走走什么的，"汉娜继续说道，"你妈妈在家，在厨房里。"

丹尼继续使劲盯着她，似乎想读出她的思想。

"我在厨房的门上敲了又敲，"汉娜说，一边拉扯着她脑门儿上的一绺金黄色头发，"我看见你妈妈坐在桌子旁。她背对着我，她没有转身，没有任何反应。"

丹尼没有回答。他垂下眼睛望着人行道，双手插在口袋里，继续往前走去。

"这太奇怪了，"汉娜继续说道，"我敲了又敲，敲得特别响。可是……可是你妈妈就好像在另外一个世界似的。她没有来开门，甚至没有转过身来。"

他们两家的房子在前面出现了，门廊上的一盏灯给汉娜家的草坪投下一道柔黄色的光。在车道的另一边，丹尼家的房子黑黢黢的。

汉娜感到自己的嗓子突然变得很干，真希望能问问丹尼她迫切想问的问题。

你是个幽灵吗？你妈妈也是个幽灵吗？

这才是汉娜脑海里的问题。

但这太荒唐了，太愚蠢了。

你怎么能问一个人他是真的还是假的？是活的还是死的？

"丹尼，你妈妈为什么不来开门？"汉娜轻声问。

丹尼在汉娜家车道的尽头转过身来，他板着脸，眯着眼睛。在柔黄色的门廊灯光映照下，他的脸上闪着诡异的光。

"为什么呢？"汉娜焦急地又问了一遍，"她为什么不来开门？"

丹尼迟疑着。

"我想我应该把实话告诉你。"最后他说道，他的声音很低，就像摇曳的树叶在沙沙地低语。

15 关于幽灵的猜想

丹尼朝汉娜凑过来。汉娜看见他汗湿的红头发贴在额头上，他的眼睛一眨不眨地盯着她。

"我的妈妈没有来开门，是有原因的。"丹尼对她说。

因为她是个幽灵，汉娜想。她感到一阵冰冷的战栗掠过自己的后背，一阵恐惧的战栗。

她使劲咽了口唾沫。我害怕丹尼吗？她问自己。

是的，有一点儿，她承认道。那个关于丹尼的噩梦在她脑海里闪过。是的，有一点儿。

"是这样，"丹尼刚说了一句，又迟疑了。他清了清嗓子，局促不安地调整着身体的重心，"是这样，我妈妈是个聋子。"

"什么？"汉娜以为自己听错了，她没想到会听到这样的回答。

"她的内耳发炎了，"丹尼压低声音解释道，眼睛仍然一眨不眨地盯着汉娜，"两只耳朵都发炎了。那是两年前的事。医生给她治疗，可是炎症扩散了。他们本来以为能保住一只耳朵的，结果没能保住，她现在完全聋了。"

"你……你是说……"汉娜结结巴巴。

"所以她听不见你敲门，"丹尼解释说，"她什么也听不见。"丹尼垂下眼睛望着地面。

"我明白了，"汉娜尴尬地回答，"对不起，丹尼，我不知道。我还以为……唉，我也不知道是怎么回事。"

"妈妈不愿意让别人知道，"丹尼一边朝家里走去，一边继续说道，"她认为如果别人知道了，就会为她感到难过，她不愿意别人为她感到难过。她很擅长看嘴形弄清别人在说什么，别人一般都被她迷惑住了。"

"嗯，我什么都不会说的，"汉娜回答，"我的意思是，我不会告诉任何人的。我……"她突然觉得自己特别傻。

她垂下脑袋，顺着车道朝自己家的前门走去。

"明天见。"丹尼喊道。

"好的，再见。"汉娜回答，心里还在想着丹尼刚才跟她说的话。

221

她抬头朝他挥手告别。

但他已经消失了。

汉娜转过身，绕过房子侧面，朝后门跑去。丹尼的话令她感到不安，她意识到，她所有关于幽灵的猜想可能都是一个大错误。

爸爸妈妈总是预言说，总有一天她会控制不了自己的想象力。

现在恐怕就是这样，汉娜闷闷不乐地想。

也许我已经完全失去了控制。

她转过房子的墙角，跑向后门，运动鞋在柔软、潮湿的地上发出吱吱嘎嘎的声音。

后门廊顶上的灯给水泥门廊投下一道狭窄的圆锥形白色光柱。

汉娜快要走到门口时，那个黑色的人影走进了灯光里，挡住了她的去路，周身笼罩在漆黑的暗影中，两只红眼睛像燃烧的煤球一样闪闪发亮。

"汉娜——走开！"他用耳语般的声音说，一根长长的、影子般若有若无的手指恶狠狠地指着她。

16 死神的低语

汉娜的内心完全被恐惧占据，她认为自己在门廊阴影深处隐约看到了一个邪恶的狞笑。"汉娜，走开，别来找丹尼的麻烦！"

"不——"

紧张中，汉娜甚至没有意识到这喊叫声是从她自己嗓子里发出来的。

听到她的尖叫，那双红眼睛里的光更亮了。它们烧灼一般地盯着汉娜的眼睛，汉娜不得不用双手捂住了脸。

"汉娜——听我的警告。"那可怕的干巴巴的低语。

那死神的低语。

那根枯瘦的黑色手指，被门廊的灯镀上一层白光，直直地指着她，威胁着她。

汉娜又发出一声因恐惧而嘶哑的喊叫："不——"

黑影越来越近。

越来越近。

突然，厨房的门开了，给院子里投来一道长方形的亮光。

"汉娜，是你吗？出什么事了？"

爸爸来到灯光下，他的神情十分关切，眼睛透过方形眼镜片审视着黑暗深处。

"爸爸！"汉娜的声音憋在嗓子里发不出来，"小心，爸爸……他……他……"汉娜用手指着。

指着空气。

指着厨房门口投出来的空荡荡的长方形灯光。

指着一片虚无。

那个人影又一次消失了。

汉娜脑子里一片困惑，她感到头昏脑胀，惊魂未定。她从爸爸身边冲进了房间。

她把那个眼睛红彤彤的可怕黑影的事告诉了爸爸妈妈。爸爸仔细检查了一遍后院，用手电筒在草地上照了又照。他在柔软、潮湿的地上没有发现脚印，没有找到擅自闯入者的任何痕迹。

汉娜的妈妈关切地凝视着她，打量着她，似乎想从汉

224

娜的眼睛里找到某种答案。

"我……我没有疯。"汉娜气得话都说不连贯了。

菲尔恰德夫人的脸红了。"我知道。"她不自然地回答。

"我要不要给警察打电话？后面什么也没有。"菲尔恰德先生挠着他稀疏的褐色头发说，他的眼镜片里映出了厨房天花板的灯光。

"我要上床睡觉了，"汉娜对他们说，一边突兀地朝门口走去，"我真的累坏了。"

她匆匆走过门厅，走向自己的房间，两条腿微微发颤，一点力气也没有。

她疲倦地叹了口气，推开了自己卧室的门。

然而那个黑糊糊的人影却正在她的床边等着她。

17 梦都是荒唐的

汉娜猛吃一惊，开始后退。

可是门厅的光照进卧室，她才发现眼前根本不是那个可怕的黑影。

眼前是一件黑色的长袖T恤衫，是她自己扔到床脚的柱子上的。

汉娜抓住门框，不知道自己是应该笑还是应该哭。

"瞧这晚上过的!"她大喊了一声。

她打开卧室的顶灯，关上身后的房门。她全身发抖地走到床边，把那件T恤衫从床柱上扯了下来。

她飞快地脱掉身上的衣服，扔到地上，换上一件睡衣。然后钻到被子底下，盼望自己赶紧入睡。

可是她的大脑怎么也静不下来，像放电影一样一遍遍放着所有发生的事情，那些可怕的画面一幅接一幅地在她眼前反复出现。

前院的树影在天花板上跳动、摇曳。换了平常，汉娜会觉得它们无声的舞蹈令她感到安慰。可是今晚，这些移动的影子让她害怕，让她想起那个呼唤她名字的气势汹汹的黑色人影。

她试着去想丹尼，可是那些想法同样令她惶惶不安。

丹尼是个幽灵，丹尼是个幽灵。

这句话在她脑海里一遍遍地重复。

丹尼说的关于他妈妈的话肯定是撒谎，汉娜想道，他编出妈妈耳朵聋的故事，因为他不想让我发现她也是个幽灵。

问题，问题。

她无法回答的问题。

如果丹尼是个幽灵，他在这里做什么呢？他为什么要搬到我家隔壁来？

他为什么要跟艾伦和弗莱德混在一起？难道他们也是幽灵？

是不是就因为这个，我以前才没有在学校或小镇上见过他们？是不是就因为这个，我以前从没见过他们中间的任何一个？他们都是幽灵？

汉娜闭上眼睛，强迫自己把所有这些问题从脑海里挤

出去，可是她没法不去想丹尼——还有那个黑色的人影。

为什么那个黑影叫我别去找丹尼的麻烦？难道他想阻止我证实丹尼是个幽灵？

终于，汉娜睡着了，但即使在睡梦中，那些令人困惑的思绪也没有放过她。

那个瘦精精的黑影跟着她来到梦中。梦里，她站在一个灰暗的山洞里，远处的山洞口燃烧着一堆明亮的篝火。

那个黑影，两只红眼睛比火焰还要明亮，朝汉娜一步步逼近。越来越近，越来越近。

黑影离得那么近，近得汉娜一伸手就能摸到，然后黑影伸出他枯柴般的手臂，把自己扯开了。

他举起黑漆漆的双手，用骨瘦如柴的手指扯去他脸部的黑影——露出了藏在下面的丹尼。

丹尼在朝她狞笑，两只红彤彤的眼睛直直地盯着她——她大吃一惊，喘着气醒了过来。

不，她望着窗外灰蒙蒙的天色想道。不，丹尼不是那个黑影。

不可能。

那不是丹尼。

那不可能是丹尼，梦都是荒唐的。

汉娜坐了起来，床单都被她的汗浸湿了，房间里的空气闷热、凝固。

她蹬掉被子，把双脚放在地板上。

经过这漫漫长夜，经历了各种可怕的想法之后，她只确定了一件事情。

她必须跟丹尼谈谈。

她再也不能经历这样的夜晚了。

她必须弄清真相。

早晨，吃过早饭后，汉娜看见丹尼在他家后院里踢足球。汉娜拉开厨房的门，跑了出去。纱门嘭的一声在她身后关上，她朝丹尼跑去。

"喂，丹尼——"她喊道，"你是个幽灵吗?"

18 "拉我起来!"

"什么?"丹尼抬头看着她,一脚把那只黑白相间的足球踢到车库侧面。他穿着一件海军蓝的T恤衫,下面是牛仔短裤,一顶红蓝相间的棒球帽低低地压在他的红头发上。

汉娜以最快的速度穿过车道,停在离他几英尺远的地方。"你是个幽灵吗?"她气喘吁吁地又问了一遍。

丹尼眯起眼睛看着她,脑门儿上起了几道皱纹。足球滚过草地,他走过去踢它。"是啊,当然是啊。"他说。

"不,说正经的。"汉娜追问道,她的心怦怦直跳。

足球从车库上高高弹起,丹尼用胸脯接住。"你说什么呀?"他挠了挠膝盖后面,问道。

他这样盯着我看,就好像我是个疯子,汉娜想。

没准我就是个疯子。

"不管它了,"她说着,使劲咽了口唾沫,"我可以和你一起玩吗?"

"可以啊,"丹尼把球扔到草地上,"你怎么样?"他问道,"你今天还好吧?"

汉娜点点头:"我想还好吧。"

"昨天夜里真是太疯狂了,"丹尼说,一边把球轻轻踢给了她,"我是说,在切斯内先生家。"

汉娜接住了球,她跑了几步,把球踢了回去。她平常很善于运动,可是今天早晨她穿着凉鞋,不太适合踢足球。

"我当时真是吓坏了,"汉娜承认道,"我以为停下来的那辆车里是警察……"

"是啊,真是够吓人的。"丹尼说。他捡起球,用脑袋把球朝汉娜顶了过来。

"艾伦和弗莱德真的也在枫叶大街中学上学吗?"汉娜问道。球撞在她的脚脖子上,朝车道那边滚去。

"没错,他们要上九年级了。"丹尼告诉她,一边等着她把球再踢回去。

"他们不是新来的吧?我怎么从来没见过他们?"汉娜用力踢球。

丹尼挪到右边来接球,他轻声笑了。"他们怎么从来没见过你?"

他不直接回答我的问题,汉娜想,肯定是我的问题让

他感到紧张了，他知道我开始怀疑到他的真面目了。

"艾伦和弗莱德还想再去切斯内家呢。"丹尼告诉她。

"什么？他们想干吗？"汉娜没有踢到球，却踢中了一簇草，"哎哟，我穿着凉鞋没法踢球！"

"他们想今天晚上再去，你知道的。找切斯内算账，因为他吓唬了我们，他真的把我的肩膀抓得好疼。"

"我认为艾伦和弗莱德确实是在惹麻烦呢。"汉娜提醒道。

丹尼耸了耸肩。"在这镇上也没别的事情可做。"他嘟囔道。

球滚到他俩中间。

"是我的！"两人同时喊道。

他俩一起跑去追球。丹尼领先，他想把球踢开不让汉娜碰到，可是他的脚踩在了足球上。他被足球绊倒，四仰八叉地摔倒在草地上。

汉娜大笑起来，从他身上跳过去踢球。她把球踢到车库侧面，然后回到丹尼身边，脸上得意地笑着。"我得分了！"她宣布道。

丹尼慢慢坐了起来，T恤衫的前襟上沾染了草汁。"拉我起来！"他把两只手递给汉娜。

汉娜伸手去拉丹尼——可她的手却直接穿过了他的身体！

19 我才是幽灵

两人都发出惊讶的喊叫。

"喂，快！拉我起来！"丹尼说。

汉娜的心怦怦直跳，她试着再去抓丹尼的手。

可是她的双手再次穿过了他。

"喂——"丹尼喊道，惊愕地睁大了眼睛。他从地上一跃而起，使劲地盯着汉娜。

"我早就知道了。"汉娜轻声说，举起双手捂住面颊，她从丹尼面前后退了一步。

"知道了？知道什么？"丹尼继续盯着她，一脸的困惑，"这是怎么回事，汉娜？"

"别再假装了，"汉娜对他说，虽然早晨的阳光很明媚，但她突然感到全身发冷，"我知道了事情的真相，丹尼，你是个幽灵。"

"什么？"他不敢相信地张大了嘴巴。他脱掉棒球帽，挠着自己的头发，同时仍然目不转睛地盯着汉娜。

"你是个幽灵。"汉娜又说了一遍，声音发颤。

"我？"丹尼喊了起来，"不可能！你疯了吗？我不是幽灵！"

他猛地走到她面前，一只手直朝她的胸口伸来。

汉娜吃惊地看到丹尼的手径直穿过了她的身体。

她什么感觉也没有，就好像她不存在似的。

丹尼大喊一声，忽地把手缩了回去，就好像被火烧着了似的。他使劲咽了口唾沫，神色十分惊恐，脸都发僵了。"你……你……"他结结巴巴地说。

汉娜想回答，可是声音憋在嗓子里发不出来。

丹尼最后又恐惧地看了她一眼，转过身，以最快的速度朝自己家里跑去。

汉娜无奈地注视着他穿过后门不见了，门在他身后重重关上。

汉娜迷迷瞪瞪地转过身，开始往家里跑。

她觉得头晕目眩，地面似乎在她脚下旋转。蔚蓝的天空闪闪烁烁，亮得使人睁不开眼睛，她家的房子在倾斜、摇晃。

"丹尼不是幽灵，"汉娜大声说道，"我终于弄清了真相。丹尼不是幽灵，我才是幽灵！"

20 惨不忍睹

汉娜走上后门的台阶，迟疑地停下了脚步。

我现在不能回去，她想，我要好好考虑考虑。

也许我应该去散散步什么的。

她闭上眼睛，努力摆脱那种眩晕的感觉。当她睁开眼睛时，一切看上去都那么明亮，明亮得让人受不了。

汉娜小心翼翼地离开后门廊，朝房子前面走去，她的脑袋仍然发晕。

我是个幽灵。

我不再是个真实的人。

我是个幽灵。

人的说话声打断了汉娜混乱的思绪，有人走过来了。

汉娜躲到那棵大枫树后面，侧耳倾听。

"多么漂亮可爱的房子。"汉娜听出是昆蒂夫人的声音。

"上个星期，我侄子从底特律过来看了看它。"另一个女人说。汉娜不认识她。汉娜从树干后面往外张望，发现这是一个消瘦的、形容憔悴的女人，穿着一件黄色的太阳裙。她和昆蒂夫人站在车道中央，欣赏着汉娜家的房子。

汉娜生怕她们看见自己，赶紧又躲到了树干后面。

"你侄子喜欢这栋房子吗？"昆蒂夫人问那个女人。

"太小了。"回答很简单。

"真可惜，"昆蒂夫人重重叹了口气说道，"我不喜欢街区里有一栋空房子。"

不是空房子！汉娜气愤地想。我住在里面！我们全家都住在里面——不是吗？

"这房子空了多久啦？"另一个女人问道。

"重新翻盖之后就一直空着，"汉娜听见昆蒂夫人回答，"你知道的。自从那场可怕的大火之后，我想是五年前吧。"

"大火？"昆蒂夫人的朋友问，"那时候我还没有搬来，整个房子都被烧毁了吗？"

"差不多吧，"昆蒂夫人告诉她，"真是太可怕了，贝丝。惨不忍睹的悲剧。全家人都被困在里面。一个小姑娘、两个小男孩，那天夜里他们都死了。"

我的梦！汉娜想道，一边紧紧抓住树干稳住身体。那不是梦，是一场真的大火，那天夜里我真的死了。

眼泪顺着汉娜的面颊哗哗地滚落，她的双腿瑟瑟发抖，虚弱无力。她靠在粗糙的树干上，继续听着。

"是怎么回事？"昆蒂夫人的朋友贝丝问道，"他们知道大火是怎么引起来的吗？"

"知道。孩子们在后院玩篝火，就在车库后面，"昆蒂夫人继续说道，"他们进屋时，没有把火完全熄灭。就在他们上床睡觉后，房子着了火，火势蔓延得真快啊。"

汉娜看见两个女人在车道上朝那栋房子张望。她们都在摇头叹息。

"房子内部全被烧毁，后来整个儿重新翻盖，"昆蒂夫人说，"可是一直没有人搬进来。已经五年了，你能想象吗？"

我已经死了五年，汉娜想道，泪水止不住地顺着面颊滚落，怪不得我不认识丹尼和他的朋友们。

怪不得我收不到詹妮的信，怪不得我得不到朋友们的任何消息。

我已经死了五年。

现在，汉娜才明白为什么时间有时候似乎凝固不动，有时候又飞一般地流逝。

幽灵来去无踪，她悲哀地想。有时候我很结实，能骑自行车，能踢球。有时候，我是那么虚无缥缈，别人的手就能把我穿透。

汉娜注视着两个女人朝街区那头走去，最后从视线中消失了。汉娜扶着树干，一动也不想动。

汉娜慢慢明白了所有的一切。这梦一般的夏天，这份孤独，这种不对劲的感觉。

爸爸妈妈是怎么回事？她问自己，一边抽身离开了树干。两个弟弟是怎么回事？他们知道吗？他们知道我们都是幽灵吗？

"妈妈！"汉娜喊道，朝前门跑去，"妈妈！"

她冲进家门，穿过门厅，跑进厨房，"妈妈！妈妈！你在哪儿？比尔？赫伯？"

没有人应声。

一个人也没有。

他们都不见了。

21 到处空空荡荡

"你们在哪儿?"汉娜大声喊道,"妈妈!比尔!赫伯!"

他们永远不见了吗?

我们都是幽灵,汉娜忧伤地想,我们都是。

现在他们都走了,留下我一个在这里。

她的心怦怦跳着,目光朝厨房里张望。

空空荡荡,什么也没有。

没有麦片盒像平常一样放在操作台上,没有滑稽的磁铁贴在冰箱上。窗户上没有窗帘,墙上没有挂钟,厨房的桌子也不见了。

"你们在哪儿?"汉娜绝望地喊。

她抽身离开操作台,在家里跑来跑去。

到处空空荡荡,什么也没有。

没有衣服，没有家具。墙上没有灯、没有海报，书架里没有书。

不见了，所有的一切都不见了。

他们把我留在这里，一个幽灵，一个孤孤单单的幽灵。

"我一定要跟什么人谈谈，"她大声说，"有人吗？"

她焦急地寻找电话机，最后在厨房光秃秃的墙上发现一部红机子。

我能给谁打电话呢？谁？

没有人。

我已经死了。

我已经死了五年。

她拿起话筒，贴到耳边。

没有声音，连电话也是死的。

汉娜绝望地大叫一声，让话筒落在地上。她的心跳得像打鼓一样，眼泪再次顺着面颊滚落下来，她一头扑倒在空荡荡的地板上。

她把脸埋在臂弯里，轻声地独自饮泣，让黑暗把她包围。

当她睁开眼睛时，周围还是黑暗。

她从地上站起来，起初不能确定自己是在哪里。她觉得身体发僵，并且微微有些颤抖，她抬眼朝厨房的窗户望去，外面的天空是蓝黑色的。

是夜里。

当你是个幽灵的时候，时间是飘忽不定的，汉娜想道。所以这个夏天忽而显得很短，忽而又长得没有尽头。她把双臂伸向天花板，然后漫无目的地走出厨房。

"有人在家吗？"她喊道。

只有一片寂静回答她的问题，对此她并不感到意外。

家里的人都走了。

可是上哪儿去了呢？

她穿过黑暗的、空荡荡的门厅，朝前门走去，心里又产生了一种不祥的预感，又是一种恐惧的感觉。

有一件糟糕的事情即将发生。

现在？今晚？

她在敞开的门前停住脚步，透过纱门往外张望。"喂——"丹尼骑着自行车，慢慢地在他家车道上蹬着。

汉娜脑子一热，推开纱门，跑了出去："喂——丹尼！"

丹尼放慢速度，转脸看着她。

"丹尼——等等！"汉娜喊道，穿过自己家的院子朝他跑去。

"不——求求你！"丹尼脸上写满了恐惧。他举起双

241

手，想要保护自己。

"丹尼——"

"别过来!"丹尼尖叫，害怕得声音都发尖了，"求求你——别过来!"他抓住自行车把手，疯狂地把车子蹬走了。

汉娜缩回身子，觉得既震惊又委屈。"别害怕我!"她冲着丹尼的背影喊道，把双手拢在嘴边，让声音传到他耳朵里，"丹尼——求求你——别害怕!"

丹尼骑在自行车上，头也不回地越骑越远。

汉娜委屈地叫了一声。

丹尼骑到街区那头消失了，汉娜的内心袭来一阵恐惧。

我知道他要去哪里，她想。

他是去跟艾伦和弗莱德碰头，他们要去切斯内先生家，他们要去找切斯内先生报仇。

然后就会发生一件特别糟糕的事。

我也要去，汉娜拿定了主意。

我也必须去。

她匆匆跑到车库去拿她的自行车。

汉娜看到，切斯内先生已经把信箱修好了。柱子上展开一对手工雕刻的翅膀，柱子也被重新竖得笔直。

汉娜躲在那簇低矮的常绿灌木丛后面，注视着三个男孩穿过马路。他们在切斯内先生的院子边缘迟疑不前，高高的篱笆挡住了他们的身影，从房子里看不见他们。

汉娜就着路灯苍白的亮光，看见他们在兴高采烈地说说笑笑，然后她看见弗莱德把丹尼朝信箱推去。

汉娜抬起目光，越过篱笆望着切斯内先生的小房子。客厅的窗户里透出昏暗的橘黄色灯光。门廊的灯亮着，房子的其他地方一片漆黑。

切斯内先生在家吗？汉娜看不出来。

他那辆破旧的普利茅斯汽车没有停在车道上。

汉娜潜伏在常绿灌木丛后面，带刺的枝条在微风中轻轻摇曳。

她注视着丹尼使劲把信箱往上拔，艾伦和弗莱德站在他身后，给他鼓劲儿。

丹尼抓住天鹅信箱那两只突起的翅膀，用力地拔。

弗莱德拍了一下他的后背。"使劲啊!"他喊道。

"真是废物!"艾伦大声说着，笑了起来。

汉娜忍不住紧张地朝那栋房子张望，三个孩子的声音太响了，他们怎么这样肯定切斯内先生不在家呢？

他们怎么这样肯定切斯内不会说到做到，拿着猎枪来追他们呢？

汉娜打了个寒战，她感到一颗汗珠从脑门儿上滚落下

来。

她注视着正在拼命拔信箱的丹尼。丹尼一使劲，信箱微微倾斜了一点。

艾伦和弗莱德开心得欢呼起来。

丹尼开始摇晃信箱，先用肩膀顶，再往回搡。随着他的一推一搡，信箱松动得越来越厉害了。

汉娜听见丹尼重重哼了一声，最后用力一推——信箱翻倒在地上。丹尼退了回来，脸上挂着得意的笑容。

艾伦和弗莱德又欢呼起来，举手跟丹尼击掌庆祝。

弗莱德捡起信箱，扛在肩上，在篱笆前面走来走去，就好像那是敌人的战旗。

在他们庆祝胜利的时候，汉娜再次抬头看了看篱笆里面那座灯光昏暗的房子。

没有切斯内先生的影子。

也许他不在家，也许男孩们不会被抓住了。

然而，为什么汉娜仍然感到恐惧，仍然心情沉重、全身发冷呢？

突然，她大吃一惊，看见一道影子滑过房子的拐角。

是切斯内先生？

不是。

汉娜眯起眼睛使劲盯着昏暗的光线，感觉到心脏一下一下重重地撞击着胸膛。

没有人，但那影子是怎么回事？

她肯定是看见了，一个比黑夜的影子更黑暗的形体，贴着灰暗的房子蜿蜒移动。

男孩们的高声说话打断了她的思绪，把她的注意力从房子那边拽了回来。

弗莱德已经把信箱扔进了篱笆。现在他们朝车道走去，一边在商量着什么事情，大声争辩着。丹尼说了几句什么，但汉娜听不清他的话。

快走，汉娜在内心里催促他们，快离开这儿。你们愚蠢的恶作剧已经玩过了，你们愚蠢的报仇计划已经完成。

快走开吧——趁现在还没有被抓住。

一阵热乎乎的风吹来，常绿灌木丛的枝条无声地摇晃着。汉娜后退几步，躲在黑暗里，眼睛仍然盯着那几个男孩。

他们聚集在车道尽头，正在激动地讨论着什么，三个人都抢着说话。接着汉娜看见一点亮光，那亮光闪了一会儿，熄灭了。

是火柴，汉娜想道。

艾伦手里拿着一大盒厨房用的火柴。

汉娜紧张地看了一眼房子，没有一丝动静。没有切斯内先生，没有影子鬼鬼祟祟地滑过墙壁。

快回家，求求你们，快回家吧，汉娜无声地催促三个

245

男孩。

然而，她失望地看到他们转过身，顺着砾石车道往前跑去。他们跑的时候猫着腰，不让房子里的人看见。

他们在做什么？汉娜想，觉得浑身的肌肉都害怕得绷紧了。她从常绿灌木丛后面走出来，感到一丝冰冷的恐惧掠过她的后背。

他们想做什么？

她快速穿过马路，冲到了篱笆跟前，她的心怦怦狂跳着。

她听不见他们的声音，他们肯定快要走到房子前面了。

我是不是应该跟着他们？

她慢慢直起身，踮起脚尖，越过篱笆往那边看。

三个男孩把身体压得低低的，飞快地跑过房子前面，艾伦打头，后面跟着丹尼和弗莱德。就着窗户里透出的昏暗的橘黄色灯光，汉娜看见他们脸上的表情很坚决。

他们想做什么？他们有什么打算？

汉娜注视着他们跑进房子侧面的黑暗中。

仍然不见切斯内先生的影子。

汉娜贴近篱笆，小心地朝车道走去。然后，她不假思索地跑了起来，连自己也没有意识到。

她猛地停住脚步，看见艾伦把丹尼推进一扇敞开的窗户。然后弗莱德也走上前，双手撑住窗台，引体向上，让艾伦在下面推他。

不——求求你们！汉娜真想大喊。

不要进房子里去！不要进去！

然而已经来不及了。

他们三个都已经翻窗而入。

汉娜急促地喘着气，蹑手蹑脚地朝窗口走去。

走到一半，她觉得有什么东西抓住了她的腿，使她动弹不得。

22 跳动的火苗

汉娜发出了无声的惊叫。

她拼命让自己的腿挣脱出来——接着便发现她踩进了一卷浇花园用的塑料软管中。

她大声地舒了口气，把脚从软管里拿出来，一直走到敞开的窗口前。

房子的这一侧笼罩在黑暗中，窗户太高了，汉娜看不见屋里的情形。

汉娜站在窗户底下，听见三个男孩的运动鞋重重地踩在没铺地毯的地板上，她还听见他们低低的说话声和尖厉而压抑的笑声。

他们在里面做什么呢？汉娜想，她的整个身体都因恐惧而绷紧了。

他们没有意识到自己会惹出多大的麻烦吗？

突然，耀眼的亮光照在房子侧面，汉娜惊叫一声，连连后退。

她一屁股坐在地上，回身望去。她透过高高的篱笆看见了车灯，汽车的灯光照向车道。

是切斯内先生？

他回家了？正好回家抓住这三个擅自闯进他家的人？

汉娜张开嘴巴，想大声提醒三个男孩，可是她的声音憋在了嗓子眼里。

车灯飘了过去，院子里又恢复了一片漆黑。

汽车悄无声息地开走了。

不是切斯内先生，汉娜想道。

她挣扎着爬起来，回到窗户底下。她决定必须让三个男孩知道她在这儿，她必须把他们弄出来！

"丹尼！"她把双手拢在嘴边，像举着麦克风一样，大声喊道，"快出来！快——赶紧出来！"

恐惧感压得她透不过气来，她又对着窗户喊道："出来。快点——求求你了！"

她听见他们在房间里含混的说话声，还听见他们的运动鞋在地板上的摩擦声。

她抬头望着窗户，看见一盏灯亮了。橘黄色的灯光，起先是昏暗的，然后越来越亮。

"你们疯了吗？"她对着窗户朝他们喊道，"快把灯关掉！"

他们为什么要开灯啊？

难道他们想让自己被抓住吗？

"把灯关掉！"她用尖厉、恐惧的声音又说了一遍。

可是橘黄色的光越来越亮，变成了耀眼的黄色。

汉娜惊恐地瞪着窗内，发现那亮光在闪烁。

不是灯光。

是火光。

着火了！

他们竟然在纵火！

"不！"她大喊一声，两只手捂住了面颊，"不！快出来！快出来！"

她已经闻到了烟味，她看见窗玻璃上映出了跳动的火苗。

她又想大声呼喊他们——可是墙上突然有个影子正朝她移动，她惊得顿住了。

汉娜怔在那里，转过目光。

看见了那个黑影，比黑夜的颜色还要黑，一双红彤彤的眼睛在黑漆漆的脸上射出光芒。

他悄无声息地朝她逼近，在墙上、在杂草丛生的草地上快速飘移。越逼越近，一双红眼睛看上去像着了火似的。

"汉娜，走开！"那个移动的黑影用枯叶般干涩的声音喊道。

"汉娜，走开。"

"不！"汉娜在影子移过来时发出一声恐惧的尖叫。一股寒冷的空气突如其来，裹住了她的身体。"不！"

"汉娜……汉娜……"

"你是谁？"汉娜问道，"你想做什么？"

在她身后，她听见了火焰的噼噼啪啪声。敞开的窗户里喷出一股股呛人的黑烟，后面是跳动的黄色火光。

一双红彤彤的眼睛越来越亮，那个黑影升了起来，越逼越近，越逼越近，伸开双臂，准备来抓汉娜。

23 失控的火势

汉娜完全被恐惧控制住了，她举起双手挡在面前，似乎想保护自己。

她突然听见窗口传来一阵刺耳的声音，头顶上有人发出一声压抑的喊叫。

那个黑影消失了。

接着她感到有人重重地落在她身上。

他们俩都摔倒在地。

"艾伦！"她喊道。

艾伦挣扎着站了起来，眼睛睁得大大的，里面满是惶恐。"火柴！"他喊道，"火柴！我们……我们不是故意的，我们……"

噼噼啪啪的火焰蹿起来了，有一个身影从窗口跳了进来。弗莱德重重地摔在地上，胳膊肘和膝盖着地。

就着跳动的橘黄色火光，汉娜望着他呆呆的脸庞。
"弗莱德，你没事吧？"

"丹尼，"弗莱德恐惧地盯着汉娜，低声说道，"丹尼还在里面，他出不来。"

"什么？"汉娜一下子从地上跳了起来。

"丹尼被大火困住了，他要被烧死了！"艾伦喊道。

"我们必须去找人帮忙！"弗莱德的喊声盖过了火焰的怒吼，他抓住艾伦的胳膊。两个男孩迈开脚步，摇摇晃晃地穿过院子，跑向隔壁那户人家。

耀眼的橙色和黄色相间的火苗舔噬着汉娜头顶上的窗台。

我必须去救丹尼，她想。

她深深吸了口气，抬头望着跳跃、闪动的火光，然后她拔腿朝敞开的窗口冲去。

可是没等她跨出一步，窗口的火光消失了，那个黑影又在她面前浮现。

"汉娜，走开，"他那令人恐怖的嘶哑的低语声，离汉娜的脸是那么近，"走开。"

"不！"汉娜忘记了自己的恐惧，大声嚷道，"我必须去救丹尼。"

"汉娜……不许你去救他！"那个刺耳的声音回答。

那黑黢黢的影子飘到汉娜面前，挡住了她去窗口的路，两只眼睛像着了火一样。

"让我过去！"汉娜喊道，"我必须去救他！"

那双红彤彤的眼睛越逼越近，沉重的黑暗在周围压迫着她。

"你是谁？"汉娜尖叫道，"你是谁？你想干吗？"

黑影没有回答，红彤彤的眼睛像烧灼一般盯着她。

丹尼被困在里面了，汉娜想，我必须从那扇窗户进去。

"闪开，别挡着我！"她大声喊道。情急之下，她伸出双手——抓住那个黑影的肩膀——想把他推开。

汉娜惊恐地发现，那个影子竟然是个实体。她果断地大喊一声，把双手举到他脸上——用力一拽。

裹住那张脸的黑暗散开了——而在黑暗下面，浮现出了丹尼的脸。

24 丹尼的幽灵

汉娜惊恐地、不敢相信地瞪大眼睛，挣扎着、喘息着，那股恶臭几乎令她窒息。黑暗继续把她包围，把她死死地囚禁。

丹尼朝她狞笑，脸上仍然是摘掉面具前的那双红彤彤的眼睛。

"不!"汉娜喊道，她的声音因恐惧而发紧，成为一种嘶哑的耳语，"这不是你，丹尼，不是你!"

那个人影闪着红光的脸上露出残忍的微笑。"我是丹尼的幽灵!"他大声说。

"幽灵?"汉娜想挣脱出来，可是黑暗把她紧紧束缚。

"我是丹尼的幽灵。他在火中丧生后，我就不再是个影子。我就会获得生命——丹尼就会到影子世界去取代我的位置!"

"不！不！"汉娜尖叫，一边把两个拳头举在面前，"不！丹尼不会死的！我不会让他死的！"

　　丹尼的幽灵张开嘴，发出一阵弥漫着恶臭的大笑。"你太晚了，汉娜！"他狞笑着说，"太晚了。"

25 一切都归入黑暗

"不——"

汉娜的惨叫声在紧紧包围她的黑暗里回响。

汉娜径直冲过了幽灵丹尼，幽灵丹尼的红眼睛愤怒地闪烁着。

一秒钟后，汉娜把双手搭在窗台上。"哦!"窗台被大火烤得滚烫。

汉娜使出吃奶的力气，引体向上，扑进跳动的火焰——扑进房间。迎接她的是一股呛人的浓烟。

汉娜不去理会浓烟和耀眼的火苗，她重重地降落在地板上。

我是个幽灵，她对自己说，一边朝那个火光熊熊的房间走去。

我是个幽灵，我不可能再死一回。

她用T恤衫的袖子擦了擦眼睛，努力看清周围的情形。"丹尼?"她用最大的嗓门喊道，"丹尼——我看不见你! 你在哪儿?"

汉娜用一只手护住眼睛，朝那个房间又走了一步。耀眼的火苗像喷泉一样高高蹿起，一面墙上的墙纸卷了起来，焦黑的一角被跳动的火焰吞噬。

"丹尼，你在哪儿?"

她听见隔壁房间传来一声模糊的喊叫。她冲过被火焰包围的门框，看见了丹尼——被困在一道高高的火墙后面。

"丹尼——"

丹尼缩在墙角，两只手举起来捂在脸上，挡住浓烟。

我不可能穿过这么厚的火焰，汉娜恐惧地想道。

她又朝房间里跨了一步，然后停住脚步。

不可能。

我不可能救他了。

然而她又一次提醒自己：我是个幽灵。活人做不到的事情，我能做到。

"救救我! 救救我!"

在那些巨浪一般跳动的火焰后面，丹尼的声音听上去那么微弱、那么遥远。

汉娜没有再迟疑一秒钟，她深深吸了口气，屏住呼

258

吸——冲进了火焰。

"救救我!"丹尼两眼失神地瞪着汉娜,似乎并没有看见她,"救命!"

"快!"汉娜抓住他的一只手,使劲拽着,"我们走!"

火焰朝他们扑来,就像一条条燃烧的手臂伸过来抓他们。

"快走!"

汉娜又拽了一下,可是丹尼不肯动弹。"我们逃不出去的!"

"能逃出去——必须逃出去!"汉娜喊道。

热浪灼痛了她的鼻孔,她闭上眼睛,挡住那耀眼的黄色火光。"必须逃出去!"

她用两只手抓住丹尼的手,使劲地拉。

浓浓的黑烟在他们周围旋转。她被呛得喘不过气来,她用力地拉丹尼,把他拉进了滚烫的、噼噼啪啪的火焰里。

进入火焰。

穿过火焰。

被浓烟呛住,连连咳嗽,被炉膛般的灼热烤得汗如雨下。

拉住他,不管不顾地拉住他,用尽全身的力气拉住他。

她没有睁开眼睛,一直把丹尼拉到窗口。

她屏住呼吸，一直到他们落在凉爽漆黑的地面上。

然后，她用双手撑着跪在地上，大口大口地呼吸着新鲜空气，抬起了目光。

那个黑影在房子附近，在火焰中扭曲变形。在大火将他吞没时，他朝天空举起了黑色的双臂——然后就无声无息地消失了。

汉娜如释重负地叹了口气，垂下目光看着丹尼。

丹尼四肢摊开躺在地上，脸上是一种茫然的表情。"汉娜，"他用嘶哑的声音轻轻说道，"汉娜，谢谢你。"

汉娜感到一丝微笑掠过自己的脸庞。

一切都变得那么明亮，明亮得就像那道火墙。

然后一切都归入黑暗。

26 最后的呼唤

丹尼的妈妈俯身看着他，把薄毯子拉到他的胸口上。"你感觉怎么样?"她轻声问道。

这是两个小时之后。丹尼已经得到医务人员的救治，他们是在消防人员到来后不久赶到的。他们告诉忧心忡忡的丹尼母亲，他吸入了浓烟，身上还有几处轻微的烧伤。

医务人员处理完烧伤后，用救护车把丹尼和安德森夫人送回了家。

现在丹尼躺在床上，眼睛望着妈妈，仍然感到全身乏力，心中一片茫然。昆蒂夫人刚才匆匆赶过来打听出了什么事情，她焦虑地站在墙角，两个手臂紧张地抱在胸前，在一旁默默地看着。

"我……我想我没事，"丹尼说着，把头从枕头上抬起一些，"我只是有点儿累了。"

丹尼的妈妈拂开脑门上的一绺金黄色头发，低头望着丹尼，读着他的唇形。"你是怎么逃出来的？你是怎么从那座房子里逃出来的？"

"是汉娜，"丹尼告诉她，"是汉娜把我拉出来的。"

"谁？"安德森夫人迷惑地皱起眉头，"汉娜是谁？"

"你知道的，"丹尼不耐烦地回答，"就是隔壁的那个女孩。"

"隔壁没有什么女孩，"妈妈说，"是不是这样，莫丽？"她转身去读昆蒂夫人的唇形。

昆蒂夫人点了点头。"那座房子是空的。"

丹尼腾地坐了起来。"她名叫汉娜·菲尔恰德，是她救了我的命，妈妈。"

昆蒂夫人同情地咂了咂嘴。"汉娜·菲尔恰德是五年前死去的那个女孩，"她轻声说道，"可怜的丹尼大概是有点神志不清了。"

"快躺下去，"丹尼妈妈说着，轻轻地把丹尼推回到枕头上，"安心休息一会儿，你就会好起来的。"

"可是汉娜呢？汉娜是我的朋友！"丹尼追问道。

汉娜在门口注视着这一幕。

她发现，屋里的三个人没有看见她。

她救了丹尼的命，此刻，房间和房间里的人越来越淡，变成了灰蒙蒙的一片。

　　也许就是因为这个，我和我的家人才在五年之后回来，汉娜想。也许我们就是回来救丹尼，不要让他也像我们一样被大火烧死。

　　"汉娜……汉娜……"一个声音在呼唤她，一个甜美而熟悉的声音从远处传来。

　　"是你吗，妈妈?"汉娜喊道。

　　"该回来了，"菲尔恰德夫人轻声说，"你必须离开了，汉娜，你应该回来了。"

　　"好吧，妈妈。"

　　她注视着卧室里，注视着静静躺在床上的丹尼。他正在一点点地淡去，融入一片灰色。

　　汉娜眯起眼睛望着那一团灰色。她知道，那房子也在淡去，整个地球都在她的视线中淡去。

　　"回来吧，汉娜，"妈妈在轻声召唤，"你应该回到我们这里来了。"

　　汉娜感觉到自己在空中飘浮，她一边飘浮，一边低头望去——最后再望一眼地球。

　　"我能看见他，妈妈，"她激动地说，擦去面颊上的泪水，"我能看见丹尼在他的房间里。可是光线越来越淡，实在太淡了。"

　　"汉娜，回来吧，回到我们这里来吧。"妈妈轻声地唤她回家。

"丹尼，记住我！"汉娜喊道，这时，丹尼的脸又在朦胧的灰色中清晰地显现出来。

他能听见她的声音吗？

他能听见她在呼唤他吗？

她希望能。

预告

魔法咕咕钟
（精彩片段）

5 千万别进车库！

那天夜里我待在卧室里，苦思冥想，想着怎么才能让特瑞倒霉。

可是想不出办法，至少是想不出足够好的办法。

后来那只钟送来了，几天之后，特瑞的行为给了我一个灵感。

特瑞无法不去动那只布谷鸟钟。一天下午，爸爸发现特瑞在玩钟的指针。当然，她没有真正倒霉——乖宝贝小特瑞是不会的，但爸爸说："我密切注视着你呢，小姑娘，不许再玩那只钟。"

这一天总算来了！我想，爸爸终于认识到特瑞不是一个完美无瑕的天使，我终于找到了一个让她倒霉的办法。

如果钟出了什么问题，我知道特瑞会受责备。

于是我决定保证它出问题。

特瑞对我做了那么多可怕的事情，也该倒一次霉了。

所以，她就算有一次为她没做的事情而受到责备又如何？只有晚上才有机会得手。

那天夜里，所有人都睡着后，我轻手轻脚地下楼溜进了书房。

正将近午夜，我蹑手蹑脚地走到那只钟跟前。

还有一分钟。

三十秒。

十秒。

六，五，四，三，二，一……

当的一声。

布谷！布谷！

那只黄鸟跳了出来，我在它刚叫了半声"布谷"时将它一把抓住，它发出急切而又痛苦的声音。

我把它的脑袋一扭，让它脸朝后，看上去真是滑稽。

它就反着方向把十二声"布谷"叫完了。

我心中窃笑，爸爸看到了它定会暴跳如雷。

布谷鸟钻进它那扇小窗子，脸依然朝后。

这会让爸爸发狂的！我幸灾乐祸地想道。

他会对特瑞发火，他会像火山爆发一样大发其火！

特瑞终于会知道为自己没做过的事情挨骂是什么感

觉了。

我蹑手蹑脚地上了楼，复仇的快感无与伦比。

第二天我起得很晚。我迫不及待地想看爸爸对特瑞发火，但愿没有错过。

我赶紧下楼，扫视了一下书房。

门开着。

里面没人，还没有出事的蛛丝马迹。

好，我想，没有错过。

我走到厨房，肚子饿了。爸妈和特瑞坐在餐桌旁，桌上堆着空早餐碟。

一看到我，他们脸上都发出亮光。

"生日快乐！"他们齐声喊道。

"很有趣，"我没好气地说，打开碗橱，"还有麦片吗？"

"麦片？"妈妈说，"你不想要点特别的吗，比如烤薄饼？"

我挠挠头："嗯，当然，有烤薄饼就太好了。"

有点古怪，通常如果我起得迟了，妈妈会说我必须自己弄早饭，而且，为什么我应该想要点特别的呢？

妈妈新做了一锅蛋奶面糊。"别去车库，迈克尔！无论你做什么，千万别进车库！"她跳来跳去，非常开心，好像又是我的生日那样。

怪事。

"……那儿有一大堆垃圾。"妈妈说，"真的很臭，太难闻了，你闻了会生病的！"

"妈，怎么又说垃圾堆的事啊？"我问她，"我第一次就不相信。"

"反正别进车库。"她重申。

她为什么要对我说这个？她为什么这样古怪？

爸爸起身离开，解释说："我有几件重要的活要干。"用的是一种奇怪的、快活的语调。

我耸了耸肩，尽量不动声色地吃完我的早饭，但早饭后我路过餐厅，发现有人用绉纱把它装饰过了，其中一条被扯了下来。

怪，太怪了。

爸爸走进屋来，手里拿着工具盒。他捡起扯下的绉纱，把它重新贴上去。

"这绉纱怎么挂不住？"他问。

"爸，"我说，"你在餐厅里挂绉纱做什么呀？"

爸爸笑了起来："因为今天是你的生日啊，那还用说！每个生日会上都要挂绉纱。现在，我打赌你迫不及待想看生日礼物，是不是？"

我瞪着他。

怎么回事？我疑惑着。

预告

一罐魔血 Ⅲ

（精彩片段）

18 超人埃文

身体长大的时候，埃文听到一种破裂的声音。

开始时很轻，然后响了起来，很近。

他大声惊呼，因为左边的墙壁开始崩塌，他膨胀的身体把墙都撑破了。

在墙壁破裂倒塌的时候，埃文深吸了一口气，朝楼上猛冲。

"出来了！"他大喊，终于挤出了楼道。

几秒钟后，他从厨房门口冲出来，到了阳光明媚的后院里。

小兵伸展四肢躺在篱墙旁边，巨大的埃文出现时，狗一下子跳了起来，很害怕。小兵大声吠叫着，短粗的尾巴拼命摇晃，然后转身一溜烟地跑出后院。

科米特和艾蒂跟着埃文走进后院，大声欢呼："你成功了！你自由了！"

埃文转身面向他们。"可是现在呢？"他问，"现在我说怎么办？我已经跟车库差不多高了，我还要长多高啊？"

科米特走近埃文。"看，我站在你的阴影里！"他宣布。

埃文的影子投在院子里，像树干的阴影。"科米特，让我歇歇吧，"埃文抱怨着，"我这儿有一点麻烦，你知道吗？"

"也许我们应该给你找个医生。"艾蒂提议。

"医生？"埃文嚷道，"医生能为我做什么？"

"帮你节食？"艾蒂逗趣儿道。

埃文俯身凑近她，威胁地眯眼盯着她。"艾蒂，我警告你，再说一次恶心笑话，就……"

"好，好，"艾蒂举起双手，像要挡开他，"对不起，只不过想让气氛轻松一下。"

"埃文不轻松，他很沉重！"科米特插话道，依然开着他无聊的玩笑。

埃文不满地吼了一声。"我想医生帮不了什么忙。我是说，我都进不了诊所。"

"但如果我们把那罐魔血带去，医生也许能想出什么解药，"艾蒂建议，"某种治疗的办法。"

埃文正要回答，院子后面高高的木篱墙外一个尖锐的声音把他给打断了。

"住手，柯南！"是一个女孩在央求。

"是啊，放了我们，柯南。"埃文听到一个男孩喊道。

埃文沉重地走到篱墙前，往柯南的院子里望去。他看到柯南疯狂地挥舞着一根棒球棍，使劲地抡着把一个小男孩和一个小女孩逼到墙边。

"让我们走！"那小女孩尖声叫着，"你为什么这么坏？"

柯南挥舞着棍子，抡得离小男孩和小女孩很近，把他们吓得哇哇叫。

埃文俯身在篱墙之上，他庞大的阴影罩在柯南身上。"想跟我打球吗，柯南？"埃文雷鸣般地说。

两个小孩子转过身，仰头盯着巨大的埃文，过了很长时间才意识到他们在盯着一个真正的巨人。

然后他们尖声高叫起来。

柯南的嘴巴张得老大，喉咙里发出一种窒息般的咯咯声。

"嗨，柯南，来练练棍术怎么样？"埃文问道，他的声音在后院上空嗡嗡回响。埃文把手伸过篱墙，从柯南手中捏过了球棍。

小男孩和小女孩尖声高叫着逃走，飞快地钻过柯南家院子一侧的树篱，继续往前跑，直到消失在视线之外。

埃文拿起球棍，把它掰成两截。它像牙签那样被折断。

柯南僵在那里，不相信地仰望着埃文，举起一根颤抖的手指。"埃文……你……你……你……"他张口结舌。

埃文把折断的球棍丢到柯南脚边，迫使柯南跳到一旁。

"你吃了魔血！"柯南责备道，"那个黏糊糊的绿玩意儿。就是去年小仓鼠抱抱吃的那个！你吃了，是不是？"

埃文不愿想起小仓鼠抱抱，那小东西吃了魔血之后变成了一个巨大、凶猛的怪物。抱抱后来变回仓鼠大小，只是因为那魔血太陈旧了。

但埃文吞下去的魔血却是新鲜的。

现在我是一个巨大、凶猛的怪物了。埃文悲哀地想。

"你疯了吗？你有毛病啊？你为什么要吃魔血？"柯南问。

"是意外。"埃文答道。

柯南继续仰面盯着埃文，但恐惧的表情渐渐消失，柯南突然笑了起来。"我很高兴这事儿发生在你身上，而不是我。"他叫道。

"啊，为什么？"埃文问。

"因为我恐高！"柯南答道，他又笑起来，"我始终认为你是个蠢货,埃文!"柯南宣称,"但现在你是个真正的大蠢货!"

埃文怒吼一声,冲上前去。他想爬过篱墙,但腿抬的高度不够,柯南家的篱墙在埃文沉重的运动鞋底下断裂了。

"嗨!"柯南惊恐地叫起来。

他转身想跑,但埃文比他快。

埃文抓住柯南的两腋,把他从地面举起,好像他没有重量似的。

"放开!放开我!"柯南尖声高叫起来,胳膊和腿乱舞乱蹬,像个小毛娃。

"我从来不知道你恐高。"埃文说,他两手抓着柯南,把他高高举到空中。

"放开我!放开我!"柯南大喊,"你要干什么?"

"我们来看看你会不会飞!"埃文叫道。

"不!"柯南尖厉的叫声响彻院子上空。埃文把他举得更高了,他又是踢又是蹬的,"把我放下!把我放下!"

"好吧,"埃文答应道,"我把你放下来。"他把柯南放到一根高高的树枝上。

柯南拼命抱住树枝,全身直打哆嗦,又哭又喊:"埃文,别把我丢在这儿!求求你!我跟你说了,我有恐高症!埃文,回来!埃文!"

埃文大大的脸上露出一个大大的笑容，转身离开了柯南。"这很好玩！"他对下面的同伴喊道。

柯南还在树上抽泣哀号。埃文朝前院走了几步。"太棒了！"埃文说，仍然面带笑容，"太棒了！"

"是啊！你现在要做什么呢？"科米特热心地问。

"这倒不错！"埃文评论道，报复柯南使他心情好了一些，"我们去看看还有什么好玩的！"

"噢！"科米特欢呼道，跑步跟上埃文。

埃文低下头，免得撞到一根低矮的树枝，他朝街上走了几大步。

"哟！"他突然停住，叫了起来，觉得自己踩到了什么东西。他听到自己巨大的运动鞋下面咔嚓一响，然后是嘎吱嘎吱的声音。

他转过身，看见科米特用双手把面孔捂住。"哦，天哪！"科米特尖声高叫道，"你把艾蒂踩扁了！埃文，你把艾蒂踩扁了！"

278

"神奇力量值"寻找行动
——有奖集花连环拼图游戏

奖品和奖励

来看看这些诱人的奖品吧，这是对勇敢者的犒赏！还等什么，赶快行动吧！

特等奖1名： 升学大礼包，价值3000元

一等奖5名： 名牌MP4一个，价值500元

二等奖50名： 超酷滑板一个，价值100元

三等奖500名： 接力出版社获奖图书一册

（以下十种任选一本）
《黑焰》、《万物简史》、《舞蹈课》、《亮晶晶》、《亚瑟和黑暗王子》、《来自热带丛林的女孩》、"淘气包马小跳系列"一册、"小香咕新传"一册、"魔眼少女佩吉·苏"一册、"秦文君花香文集"一册

玩家提示

　　想征服斯坦的魔幻世界吗？想成为名副其实的勇士吗？来考查一下你的力量值吧？本批"鸡皮疙瘩系列丛书"中隐藏了行动力、意志力、想象力、观察力、自控力、思考力、应变力、创新力等八种神奇的力量，只有具备了这八种力量，才能在"鸡皮疙瘩"的惊险旅程中行进得更远。勇士们，擦亮眼睛，来找出这八种神奇力量标志吧！

游戏指南

　　收集分散在八本书中的八个标志，寄到北京东城区东中街58号美惠大厦3单元1203室接力出版社"鸡皮疙瘩"编辑部，邮编100027，即可参加抽奖，本活动截止日期为2010年6月30日。

应变力 奖

"近一点，再近一点。"神探赛斯攥紧的手心里已经渗出了汗，他缩在废弃楼门的阴影里，只等拎着皮箱的神秘人从这里路过……

事情要追溯到二十四小时之前，正在侦探学校讲课的赛斯接到管家打来的电话，说有一位神色慌张的女性委托人前来拜访。可等赛斯赶回家里，此女倒在客厅里一命呜呼了。赛斯翻出了她的名片——证实她在一家化学制剂公司工作，从现场痕迹来看，她是被毒死的。

赛斯和警方询问了该公司，得知有一批重要的放射性物质被盗，很可能被拿去进行非法交易了。

直到一小时前，赛斯才洞悉了放射物质的交易地点——一座废弃的大楼。时间有限，警方还有半小时才会赶到，他只好硬着头皮组织交易。

几分钟之后，有个拎着皮箱的神秘人进入废弃大楼，赛斯一跃而出，猛地击打此人脖颈，并一把夺过了皮箱。恼羞成怒的神秘人将右手探入口袋……

"不好！"赛斯认为对方会掏出手枪，急忙扑上去打晕了对

手，翻开他的手掌——那并不是一把手枪，甚至连武器都算不
上——神秘人手中攥着的，只是一枚很像硬币的亮闪闪的金属
片。

　　紧张的赛斯顾不上多想，拎着皮箱回到自己的车里，把
后面的琐事交给警察处理。

　　驾车只行进了不到十分钟，赛斯忽然觉得一阵头晕目
眩，随后是莫名的恶心。他一个急刹车停在路边，看到自己的
左手出现了 皮疹，伴随着剧烈的疼痛，左手很快呈现溃烂的
现象……

　　是辐射，赛斯很快回过
神来，那个金属片是放射性物
质。当神秘人暴露之后，他便
打算自杀了，由于自己的大
意，这种辐射物质已经感染了
自己。

他的头越来越疼，连忙拨打了警方的电话，让他们小心辐射。他的意识变得越来越模糊，开始体会到了生命的流逝，这时候应该怎么办呢？

A.　勉强驾车，继续前进，直到遇上警方；或者赶往医院——当然，他有可能晕过去并因此引发车祸。

B.　狠心将自己被感染的部分切除，这意味着他要砍掉整个左臂。

C.　什么也不做，待在车里祈祷，因为胡乱行动不一定能有意义。

D.　赛斯事先准备了一大堆解药，他有些眼花，也不很确定放射物质到底是什么，随便抽出其中蓝色的一支注射进体内。

说明：本故事表现了人面对危机的反应模式。我衷心祝愿各位小读者远离危险，但这并不意味着面对危险时我们一点准备都没有。

解析：
A.　面对危险，你没有做出什么改变，这可能导致更糟糕的局面。
B.　面对危险，你铤而走险，选择极端做法，这也许能改变局面，但代价很大。
C.　面对危险，你放弃了抵抗。要我说，认命是不合适的。
D.　和B的情况差不多，在不知道原因的情况下，乱用解药可能引发更严重的后果。

赛斯知识讲座

本故事中的放射性物质为铊-201，一旦和人体接触会产生快速致命效果。正确的解药是"普鲁士蓝"（一种古老的染料），小读者在日后化学课上有关"置换反应"的内容时会学到，普鲁士蓝能将铊盐转化成无害的化合物排出体外。

温馨提示：面对如同汶川地震那样的灾难，我们很难说哪种应对方法是正确的。我们努力保护自己及他人的生命安全，鼓励自己和朋友勇敢面对危机，可能是最恰当的。另外，提醒各位小读者，尽量远离可能导致危险的事件，学会保护自己才是最重要的！

赛斯机密档案

姓名：赛斯
年龄：$4 \times 9 \div 3 - 6 + 8 + 10$
基因：变异基因
职业：私家侦探
性格特点：冷静、冷酷、冷峻
特殊喜好：凌晨三点在路灯下
　　　　　　看"鸡皮疙瘩"
被人崇拜程度：orz

本测试题由著名心理咨询师、原中央教育科学研究所心理研究员孙靖（笔名：艾西恩）设计，插图由著名插画家马冰峰绘画。

情报站

1995年 "鸡皮疙瘩系列丛书"改编成电视
剧，在美国连续四年收视率第一

1995年 "鸡皮疙瘩主题乐园"落户美国迪斯
尼乐园

1995年 R.L.斯坦获选美国《人物》周刊年
度最有魅力人物

2003年 "鸡皮疙瘩系列丛书"被吉尼斯世界
纪录大全评定为销量最大的儿童系
列图书

2007年 R.L.斯坦获得美国惊险小说作家最
高奖——银弹奖

2008年 "鸡皮疙瘩系列丛书"电影改编版权
被美国哥伦比亚电影集团公司买断并
将翻拍成好莱坞大片

桂图登字:20-2008-017

图书在版编目（CIP）数据

噩梦营·邻屋幽魂/（美）斯坦（Stine，R.L.）著；马爱农译. —南宁：接力出版社，2009.1

（鸡皮疙瘩系列丛书：升级版）

书名原文：Welcome to Camp Nightmare·The Ghost Next Door

ISBN 978-7-5448-0567-4

Ⅰ.噩… Ⅱ.①斯…②马… Ⅲ.儿童文学-长篇小说-作品集-美国-现代 Ⅳ.I712.84

中国版本图书馆CIP数据核字（2008）第178595号

总策划：白　冰　黄　俭　黄集伟　郭树坤　　总校译：覃学岚
责任编辑：陈　邕　　美术编辑：郭树坤　卢　强
责任校对：翟　琳　责任监印：梁任岭
版权联络：钱　俊　　媒介主理：常晓武　马　婕

社长：黄　俭　　总编辑：白　冰
出版发行：接力出版社
社址：广西南宁市园湖南路9号　邮编：530022
电话：0771-5863339（发行部）　　010-65545240（发行部）
传真：0771-5863291（发行部）　　010-65545210（发行部）
网址：http://www.jielibeijing.com　http://www.jielibook.com
E-mail:jielipub@public.nn.gx.cn

印制：河北省三河市和达印务有限公司
开本：850毫米×1168毫米　1/32
印张：9.5　字数：165千字
版次：2009年1月第1版　印次：2010年3月第5次印刷
印数：65 001—80 000册
定价：18.00 元